花嫁と神々の宴

狗神の花嫁2

樋口美沙緒

キャラ文庫

この作品はフィクションです。
実在の人物・団体・事件などにはいっさい関係ありません。

目次

口絵・本文イラスト／高星麻子

その頃、下界は騒がしかったが、青月《あおつき》はさほど気に留めていなかった。

眷属《けんぞく》の中でも最も年長者である神狼の東雲《しののめ》が、そんな青月の態度を幾度となく諫《いさ》めにきても、東雲のお小言はいつものこと、梢《こずえ》を揺らす風のようなものと相手にさえしていなかった。

「下界は乱れ、憐《あわ》れ力なき罪もなき者たちが次々と死んでいます。みな、夜ごと旦那様に祈っているのです。敵方は不作法者の集まり。神を敬う心も足らぬ。このままでは、御身《おんみ》にも傷を入れられかねませぬぞ……」

口を酸っぱくして言われずとも、青月にも下界の様子は見えていた。

青月の本体である大楠《おおくすのき》は、樹齢千五百年を超える大樹であり、青月は美しく広い森を神域に持つ、力のある神だ。

子どもの時分は遥《はる》か昔、生まれた時から神気に恵まれていた青月は、早々に成神し、持たぬものは一つもなかった。

大楠の胴回りは大人数人がかりでなければ測れぬほどで、信仰心篤い里人に恵まれ、神社も美しく丹色《にいろ》の鳥居は大きい。そして青月の神社は、この土地を治める領主の家屋の敷地内にあり、土地の者の心の拠《よ》り所でもあった。

「東雲、私も、神の務めは怠っておらぬ。だが人の世で人が死んでゆくことは、古くからの理《ことわり》であろう?」

神が人にしてやれることといえば、天変地異を起こすことではない。

できぬわけではないが、古い古い原初の掟《おきて》で、人と人との戦《いくさ》には手を出してはならぬという決まり事がある。青月自身に刃が向けられれば別だが——いや、そうでなくとも、青月には下界のことはなにやら薄ぼんやりとした、遠いことのようにしか感じられない。

時は戦国とでもいうらしい。

風の噂《うわさ》で聞いたところによると、東の都で大きな戦が始まり、病と飢饉《ききん》が相次ぎ、賊が横行し、青月を信仰する土地でも日に何人もが死んでいた。

昨日、青月に祈っていたあの青年が、あの若い娘が、子どもが首を切られた。腹を刺された。そうして身ぐるみ剝《は》がされたのを、青月は神の眼で感じ取っていたし、神社の本殿にやって来ては、怯《おび》えながら勝利を願い、青月に祈り続ける領主のことも見えていた。

けれども、人の在りようは自分からは遠い、夢のようなものだ。

戦はこれまでにもあったこと。人の死は常のこと。彼らはみな、青月の上を通り過ぎていく影のようなものだ。

浮き世を離れた青月の屋敷にはいつでも花が咲き、常春《とこはる》の心地よい風が吹いている。神気に溢《あふ》れたその場所で、青月は大勢の眷属、そしていつの間にか増えた多くの伴侶《はんりょ》と一緒にいたが、彼らの名前も満足に覚えていなかった。

「里人が希望を絶やさぬよう、私は祈る者の魂に、そっと触れてやっている。死した者の魂は、冥府《めいふ》へいけるよう、道案内をしてやっている。それで十分であろう？」

長い年月、神として続けてきたその「務め」を口にすると、東雲は悲しげな――しかし青月には、悲しいという感情すらよく分からなかったが――瞳をした。

「……旦那様。あなたは幼すぎます。人の心の機微も知らない。そんなことではいずれ、深く傷つくことになるでしょう」

東雲の言葉は、青月にはまるで分からなかった。

下界がどうであろうと、青月の屋敷は平穏で、東雲も眷属たちも伴侶たちも幸せなのだからいいではないか。人とは百年も待たずに死ぬものだ。瞬く間に消えていく命の、その情を知れとは難しい。

けれどほんのしばらく経って、すぐに、青月は東雲の言葉の意味を思うようになる。

敵対した軍の将が、民人の心の柱を折ろうと、青月の本体である大楠に斧《おの》を振るったのだ。

大楠が傷つけられると青月の身に鋭い痛みが走り、死の恐怖が頭をよぎった。

けれど青月は死ななかった。

かわりに死んだのは、青月が名前一つ覚えていなかった、伴侶の一人。一度か二度、抱いたことがあっただけの、人間の青年だった。

生まれた時から常に凪《な》ぎ、波打つことも、物思うことも知らなかった青月の幼い心に、深い苦しみが芽生えたのはその時だったろうか。臥《ふ》してそのまま砂塵《さじん》のように消えていった青年の手をとることさえ思いつかずに、青月は立ち尽くしていた。

神の代わり身として死んだ人間は、魂さえ残らない。青年の御霊《みたま》を冥府に送ることも、叶わなかった。

なぜ青年は、自分のかわりに死んだのか。

そう問うと、東雲はどこか責めるような眼で言った。

「あの方が、旦那様を、愛しんでおられたからです」

青月が愛という言葉を知ったのは、恐らくそれが初めてだった。

それは遠い昔の話。青月が千と五百歳あまりの頃。

今から、五百年ほど前の話だ。

一

「比呂《ひろ》さまっ、比呂さまっ、落っこちないでっ、落っこちないでっ」

地上から聞こえてくる心配そうな声に、鳥野《とりの》比呂は「大丈夫だってば」と、笑いながら振り返った。

「こう見えても、ガキの頃は木登り比呂くんって呼ばれてたんだぞ。今取ってやるからな、茜《あかね》」

下界では初秋も過ぎた頃らしいが、神である狗神《いぬがみ》の屋敷は常春の優しい空気に包まれている。花の香りが漂う緑鮮やかな庭で、比呂は一際背の高い桜の木に登っていた。

比呂の背丈は中背。体つきにも顔にもまだ少年期の幼さが残っており、一見すると二十歳くらいに見えるが、実際は二十四歳を過ぎている。といっても、その外見は『狗神の伴侶』となった二十一歳の時で成長が止まっていた。

桜の枝先には赤い風船が一つ引っかかっていて、比呂はさっきからそれを取ろうとしていた。風船には可愛《かわい》いウサギやクマのイラストと一緒に、『秋のファミリーセール』という文字が印刷されている。今朝、茜が下界のアウトレットモールに下りて行った際、もらってきたものらしい。生まれて初めて風船をもらった茜はすっかり夢中になってご機嫌だったが、いくら神の眷属で何十年も生きているとはいえ、人の子にしてみれば七つ程度の茜の手はまだ不器用で、すぐに風船を飛ばしてしまい、落ち込んでいた。

普段から茜を猫可愛がりしている比呂は、枝先に引っかかった風船を探し出し、「とってやる」と申し出たのだ。

（あともうちょっと……もうちょっとで届きそう）

男たるもの、約束は守らねばならない。下で心配そうにしている茜に、格好つけたい内心もある。

けれど、枝の太いところにしがみつき、必死に手を伸ばしていた比呂が、ようやく風船の紐《ひも》を指先に捕らえた瞬間だった。カジュアルな洋装なら問題なかったのだろうが、この屋敷にいる時は普段から和服で過ごしているせいで、からげていた裾《すそ》が枝と枝の間で突っ張って、つい姿勢を崩してしまった。

とたん、茜が「きゃあぁ」と声をあげた。同時に比呂の視界はぐらつき、あっという間に空へ放り出され、地上に叩《たた》きつけられていた。一瞬頭がくらくらしたものの、大きな怪我《けが》はなかった。打ってじんじんと痛む背中をさすりながら比呂が身を起こすと、茜が駆け込んできた。

「比呂さまっ　比呂さまあ〜っ！」

茜は赤い髪にくりくりとした大きな眼、甚平《じんべい》を着た、可愛い子どもの姿をしている。けれど人間の子どもと違うのは、小さな頭に大きな二つの犬耳があり、尻《しり》からはふさふさの尻尾《しっぽ》が生えている点だろう。

出会ってから下界の年月では四年になるが、神の住まうこの屋敷の中では時の流れが遅いので、まだ半年ほどしか経っていない。

それでも比呂は、茜を自分の弟のようにも、子どものようにも感じていて、可愛くて可愛くて仕方がなかった。だから泣きながら胸に飛びこんで来られると、自分の体の痛みなどどうでもよくなってしまう。

「ごめんごめん、茜。びっくりさせたな。でもほら、どこも怪我してないだろ」

その小さな頭を、よしよし、と優しく撫《な》でてやりながら、比呂は慰める。茜の耳はすっかり後ろに伏せられ、尻尾は股《また》の間にくるんと縮まっている。怯えた様子がかわいそうだ。

「比呂さま、ごめんなさい、ごめんなさい、茜がふうせんほしがったから」

大きな眼にいっぱい涙を溜《た》めて見上げられると、比呂の胸には甘酸っぱい愛情だけがきゅんと湧《わ》いてくる。結局風船は捕まえることができず、見上げると青い空に小さくなっていく赤い楕円《だえん》が映り、比呂は茜に申し訳なく思った。

「とってやれなくてごめんな。今度出かけた時、かわりの風船もらってこような」

「ううん。茜、比呂さまがおけがするならふうせんもういらない」

そんな健気《けなげ》なことを言う茜が可愛くて、抱き寄せてあやしていた時だった。

奥の方からどたどたと騒がしい足音が聞こえて、比呂はなにごとか、と顔をあげた。

「比呂！　比呂！　無事なのか！」

庭の向こうから聞こえてきたのは、狗神の声だった。

名前のとおり、狗神はれっきとした神様でこの屋敷の主でもある。

屋敷といってもこの家はつい先日改装し、以前より一回り小さくしたので庭は広いが部屋自体はそう多くない。一階建ての平屋で、瓦《かわら》屋根が美しい木造戸建て。古い民家そのものの作りを踏襲しながらも、少しずつ手を加えて住みやすくしてある。家族が集《つど》える居間と、寝室が三つ、台所、それから客間などいくつかの部屋がゆったりと構えられ、庭に面した南東側にだけ長い縁が取り付けられている。

狗神は今まさに、その縁側を大股に歩いてくるところだった。

見上げるような長身に、長い銀髪、金色の瞳。浮世離れした美しい顔だちだが、けっして女性的というのではなく、むしろ益荒男《ますらお》とも言うべき逞《たくま》しい体躯《たいく》をしていて、それが白藍《しろあい》色の着物の上からも分かるほどだ。

その狗神の血相を変えた様子を見て、比呂は思わず、

（あーあ、また面倒なことになるなあ）

と、感じてしまった。狗神の正式な伴侶となってから、こんなことは日常茶飯事だった。

「比呂、貴様、一体なにを考えておるのだ！」

比呂が大事ないのを見てとったらしい狗神は、青くしていた顔を今度は赤くして怒鳴り声をあげた。とたん、庭には突風が吹き、木々が梢を揺らす。ここは狗神の神域なので、狗神が怒れば怒っている時なりの反応が、自然現象として天気に出てしまう。比呂の腕の中では、茜がびっくりして体を縮めている。

「私が見ておらぬと思ったら大間違いだぞ。屋敷の中でお前がなにをしているかはいつも気にしているのだからな！　木に登って落ちるなぞ……怪我をするではないか！」

「あのなあ、俺は子どもじゃないんだから、そんなストーカーみたいなことすんなよ」

「酢など投下しておらん！」

「ストーカーだよ。相変わらずカタカナ知らないよな。怪我なんかしてないだろ？」

「じゃあこれはなんだ！」

と、比呂は眼の前でしゃがみこんだ狗神に、腕をとられた。見ると比呂の着ていた和服の袖《そで》が破れ、腕には小さく擦《す》り傷ができていた。といっても血が滲《にじ》んでいる程度の、ごく小さな傷だ。こんなものにさえ反応する狗神の目敏《めざと》さに、比呂はむしろ呆《あき》れてしまう。

「こんなの舐《な》めときゃ治るよ。……バカだろ、お前」

「うつけは貴様だ！」

比呂の胸にくっついていた茜が慌てて狗神にすがりつき、「旦那さまっ、ごめんなさい！」

と、小さな体をぷるぷるさせて、涙ながらに謝る。

「比呂さま、茜のために木のぼりしてくださったの。おねがいだから怒らないで……」

「茜、藤《ふじ》に何度も言われているだろう。比呂はお前の親ではないのだぞ、仕えるべき主人なのだ。怪我をさせてどうする。藤におしおきしてもらうから、そのつもりでいなさい」

さすがに子ども相手に怒鳴りはしないが、まだ感情が昂《たか》ぶっているらしい。狗神はきつい声を出した。茜はしょんぼりと頭を垂れて、伏せた耳と前髪の間から「ごめんなさい」と声を漏《も》らしている。そんな姿がかわいそうで、比呂は「べつにいいだろ」と眉《まゆ》をしかめた。大体比呂は、茜を使用人のように思ったことは一度もなかった。

「いいわけがあるか！」

怒鳴る狗神に怪我をしていないほうの腕をとられた比呂は、これもいつものことなので、おとなしく立ち上がり、ついていった。庭に取り残された茜を振り返り、

「心配しなくていいからな」

と声をかけておく。あとで慰めてやらねば……と思うが、今はとりあえず狗神とのケンカを終わらせるのが先だと、ここしばらくの経験上、比呂も学んでいた。


屋敷の、午後の光が淡く差し込む畳間で、比呂は狗神と向かい合って座った。

暗黙の了解で怪我をした腕を差し出すと、狗神が傷のところにそっと、舌を這《は》わせてくる。一瞬痛みが走ったけれど、狗神が舐めたとたん傷はきれいに消え、かわりに、背筋がくすぐったくなる。

「もう傷消えた。舐めるのおしまい」

睨《にら》んで言っても、狗神には意味がなかった。

消えた傷の場所に、狗神は優しく口づけ、それから「比呂……」と呟《つぶや》いた。さっきまで怒鳴り散らしていたのが嘘のような、小さな声だ。どこか哀れげな、すがるような声に比呂の胸がきゅっと痛み、愛しさが湧いてきてしまう。

（バカ。……そんな声で呼ぶなよ）

ずるい、と、比呂は思い、小さく頰《ほお》を膨《ふく》らませる。どんなにケンカをしていても、好きで狗神の伴侶となったのだから——狗神に淋しそうにされると、もう拒むことができない。

いつの間にか戸外の天気は崩れ、雨雲が空を覆って、小雨がぽつぽつと降り始めている。狗神が着た白藍の着物の打ち合わせがやや緩み、そこから白い胸が見えていた。比呂はその胸板へ、うっすらと浮かび上がってきた赤い紋様に気がつく。

痛々しげな赤い紋様は、狗神の心の傷そのものだ。出会ってしばらく経った頃、比呂は神様という生き物が、悲しみや孤独をそのまま紋様のような形にして、赤く体に浮き上がらせてしまうことを知った。

（俺が小さな擦り傷一つ、作っただけで……狗神は、傷つくんだもんな）

けれど比呂は知っていた。

狗神が傷つき不安になっている本当の理由は、小さな擦り傷そのものではないと。それはきっかけにすぎなくて、一番の問題は、もっとずっと根深いところにある。

「大丈夫だってば。……俺はここにいて、ちゃんと生きてるだろ？」

比呂は手を伸ばし、狗神の頭を抱え、よしよしと撫でてやった。

一緒に生きていくことを決めて、きちんとした伴侶になって、人間の世界で三年半。神様の時間で半年が流れた。狗神の伴侶として生きることを選んだ時、比呂は狗神に言われた。

――私は、怖いのだ。お前を失うことが……。

大丈夫。一緒にいれば乗り越えられると比呂は言ったし、自分でも、そう信じていた。ただ単純に、二人でいれば狗神の不安を消せて、幸せになれるはずだと。

けれどこの半年で、比呂はそれが甘い考えだったと知った。

青い森、深い山、大きな神社を持ち、樹齢千年を超えた大楠である狗神は、力のある神だというのに、比呂がちょっと傷を負うだけでひどく取り乱す。

それは比呂を失うかもしれない、という不安のせいだ。

嫁いできてから一度も、そんな弱音を耳にしたことはないけれど、狗神はずっと、比呂が傷つくことや比呂が苦しむこと、比呂が――死んでしまうことを恐れ続けている。

それは、比呂が狗神の身代わりとなって命を落としかけた過去のせいでもあるだろう。

耳には小雨に変わった雨の音が、淡く聞こえてくる。きっと狗神の心の中にも、静かで淋しい雨が降りしきっているのだ。こんな時、いつも比呂は思ってしまう。

——お前、本当に幸せ？……俺といて。

胸に浮かんできた疑問は、けれど到底、口にできない。言ってしまえば今二人を繋《つな》いでいるものが揺らいでしまいそうな、狗神をもっと傷つけてしまいそうな、そんな気がするのだ。

狗神が身じろぎ、比呂の額に額をくっつけてくる。自然に眼を閉じると、唇が重ねられた。

狗神の口づけはいつものように、深い森の奥の、青い木々の香りがした。背後で、独りでに襖《ふすま》が閉まる。い草の香りがする畳の上へ、押し倒されるまま横になりながら、

(俺が伴侶にならないほうが……狗神は、幸せでいられたのかな……？)

ふと頭をよぎった卑屈な考えを振り払おうと、比呂は細い体をまさぐってくる狗神の大きな手に意識を集中した。狗神の手つきはまるで、比呂の体がちゃんとここにあるか、確かめるかのような動作だ。

「あ……」

やがて、普段はしまわれている狗神の九尾の尾が出てきて、着物の裾を割り、比呂の性器を器用に撫でてきた。同時に打ち合わせを広げられ、長い指できゅっと胸の突起を両方ともつまれて、比呂は細い背をしならせる。

「あ、ん……っ、いぬ、神……」

着物ははだけられ、ふさふさの銀の尾に足を持ち上げられる。二本の尾に性器を絞られ、その毛先で尿道口をくりくりと撫でられて、比呂は思わず眼を見開いた。まるで柔らかな筆の先でその場所を弄《いじ》られているようで、鋭い快感に、甘えた声が出てしまう。

「あ……っ、ん……」

蟻《あり》の戸渡りを伝って零《こぼ》れた蜜《みつ》を、狗神の尾は器用にすくって比呂の後孔に塗《ぬ》りつけ、中を開く。内側に侵入してきた尾が、不思議な液体で比呂の中をじゅんと濡《ぬ》らす。普段は人の姿をとり、巨大な狼にもなる狗神だが、その本体は大楠だ。比呂はいつも前戯の際に、樹液で中をねっとりと濡らされる。閉じていた後孔がほぐれる頃には、性器はそぼ濡れ、乳首はぷっくりと赤く膨らみ、快感に、細腰が勝手にひくひくと揺らめくようになっていた。

「あっ、んっ、やっ、あ……っ、だめ……っ」

狗神の熱い舌で乳首を扱かれ、張り詰めた性器のくびれのところをぎゅうぎゅうと揉《も》まれ、蕩《とろ》けた後孔には二本の尾を入れられて感じる場所をこりこりと擦られて、比呂はもう喘《あえ》ぎ声が止まらなくなった。

「あ……、あっ、や、狗神……そんなにされたら、俺、い、イッちゃう」

このまま一人で達するのが嫌で、持ち上げられた足で狗神の腰を挟む。蕩けた下の入り口を狗神の股間に押しつけるように、尻を持ちあげて動かす。淫《みだ》らな行為だけれど、そんなことを恥ずかしがるより、慣れ親しんだ硬い杭《くい》が中にほしくてたまらなかった。

「初めの頃はあれほど嫌がっていたくせに……今では自分からねだるとはな。いやらしい体になったものだ」

ようやく機嫌を直したのか、眼を細めて得意そうに笑う狗神に、比呂は心のどこかでホッとした。羞恥《しゅうち》に赤くなりながら「うるさい」と睨みつけてやる。

「お前が、こんなふうに……あっ、したんだろ。……はや、あ、早く……」

憎まれ口を叩いたとたん、二本の尾で後孔を左右に引っ張られ、乳首をつままれて、比呂はたまらず早くして、と喘いでいた。雄々しくそそり勃《た》った己の性器をやっと取り出しながら、狗神が囁《ささや》いてくる。

「比呂……頼むから、もう危ないことはしてくれるな。小さくても、怪我は怪我だ。お前が傷つくところは、見たくない」

先ほどまでとは違う、真剣な声音だ。刹那《せつな》、後孔に熱いものがあてがわれ、一息に貫かれて、比呂は甲高い声をあげた。

「あ！　んっ、あ、あー……っ」

性器の根元をぎゅっと握られて、寸前でイケない。狂おしいほどの快感で頭が白くなった。

狗神は比呂の根元を押さえたまま、激しく腰を動かしてきた。

「やっ、あっ、だめ、だめっ、狗神……っ、いか、イカせて……っ」

ここに嫁いできてからというもの毎晩のように抱かれ、それも一晩に数回は出されるのが常だからか、比呂の体はすっかり情事に馴染《なじ》んで、抱かれるたびに深い快感に溺《おぼ》れてしまう。

「私はお前が愛おしい」

突き上げながら、狗神がそう繰り返す。何度も揺さぶられ、比呂はがくがくと小ぶりの尻を震わせる。不意に耳元で「だからお前が、傷つくのを見るたび」と呟《つぶや》くのが聞こえた。

「私はお前を、閉じ込めてしまいそうになるのだ――」

激しく揺さぶられるのと同時に、比呂の根元を握っていた狗神の手が緩んだ。

「あっ……ん、あ、あ、あ、あー……ッ」

瞬間、比呂は昇り詰めて白濁を飛ばしていた。腹の中で狗神の精も弾け、すると、ヘソの脇についている、狗神の伴侶の証《あかし》、青い葉の紋がうっすらと輝くのが、蕩けきった視界に映った。

達したばかりの気だるさに、比呂は体を弛緩《しかん》させて息をつく。そしてすぐ、狗神の胸板を確かめた。そこからは赤い紋様が消えていて、比呂はこっそり安堵《あんど》した。

(よかった……深い傷になる前に、消せたんだ)

けれど珍しく一度で比呂の中から出ていった狗神は、まるでしがみつくように比呂に抱きついてきた。大きな犬が甘えるように、狗神は比呂の肩口に額を押しつけ、さっきまでいやらしいことに使っていた尾を、今は力なく垂らしている。そして比呂の腕をとると、さっきの傷の場所へ、再び口づけを落としてきた。

既に傷はないはずなのに、何度も何度も。

「……もう、痛くないよ。狗神。な?」

狗神がしょんぼりと尾を垂らしているのを見ると、比呂の胸は痛んでしまう。かわいそうで、申し訳ないような、そんな気持ちになる。

(……どうしたら、狗神の不安を消せるんだろう)

比呂がいなくなったりしないと、狗神に信じてもらうには、どうしたら?

——もっと言えば、比呂がいなくなっても、狗神が幸せでいられるにはどうすればいいのか。どれほど愛し合っていても、引き裂かれる未来がないとは誰にも言い切れない。それは人と人、神と人でも同じだ。

比呂の脳裏にはどうしてか、四年近く前に亡くなった祖母の面影がよぎっていく。

ここへ嫁いでくる前、比呂は狗神の神社がある小さな里で、二十歳まで祖母と二人暮らしで育った。

古い時代は里人の信仰心を集めていた狗神だが、その頃には里の過疎化が進んだことで神社の取り壊しが決まり、山はスキー場やゴルフ場として開発され、里にはアウトレットモール施設が建てられることになっていた。

ちょうどその頃、比呂は狗神の伴侶として連れ去られた。人間に裏切られ、傷ついていた狗神は当初傲慢《ごうまん》で、比呂も反発を繰り返していたが、やがて狗神の純粋さを知り、愛するようになったのだ。比呂が心を開くと、狗神も、まるで合わせ鏡のように心を開いてくれた。

けれど互いに愛し合うようになってから、比呂は離縁され、一度人間世界に戻されてしまった。それは比呂が狗神の「かわり身」として、死にかけたせいだ。

心から神を愛した伴侶は、神が殺されるようなことがあると、身代わりとなって死ぬ。ほとんどの伴侶は、恐ろしく異質な存在の神を本気では愛さないけれど、比呂は狗神を愛した。

幸い、比呂は一命を取り留め、狗神の神社も観光地として残されることになり、今では人気のパワースポットとなっている。

そして三年半前、比呂はなんとか正式に、狗神の伴侶として屋敷に戻ってくることができた。

その時から、比呂は命が尽きる時まで狗神と添い遂げようと決めているし、狗神の眷属として一緒に暮らしている二頭の神狼のことも、自分の家族だと思っている。

神の力の源は、人間に信じてもらうこと。ましてや人間の伴侶に愛されれば、神気はより大きくなる。狗神は力を取り戻し、すべてはめでたしめでたしでおさまりそうに思えた。

けれど、話はそれほど単純にはいかなかった。

また、比呂がかわり身として、死ぬかもしれない。

そのたった一つの不安が、狗神の心の中で黒いシミのようにとれずに、一緒になってからというもの、二人の生活の上に何度も何度も、影をさしているのだ。

24

時折比呂は、狗神に言いたくなる。

――もし俺がまた、死んじゃったら、お前、今度はどうなるんだろう……?

二

「それは見守るしかないでしょう。旦那様ご自身の、心の問題なのですから」

狗神《いぬがみ》の不安を取り除きたいと話すと、藤《ふじ》からはいつもどおり、淡々とした答えが返ってきた。

茜《あかね》の風船を取ろうとして怪我をしてしまった翌日。

屋敷の台所で、比呂《ひろ》は夕飯の支度をしている藤を手伝い、たわしでニンジンやゴボウの泥を擦り落としていた。たらいに張った水は、すっかり泥水になっている。

「実際問題、今この瞬間にも、比呂様に包丁など持たせれば私もお叱《しか》りを受けるでしょうしね」

藤はさらりと言うが、それこそ、祖母と二人で暮らしていた頃の比呂はハリミも針も包丁も使ってきたわけで、なんとなく釈然としない気持ちだった。事実、狗神は比呂がたわしを持つことは許しても、包丁で野菜を切るのは嫌がる。

「大事にされてるって言えば聞こえはいいけどさ、信頼されてないみたいでフクザツ」

「旦那様が正式なご伴侶を迎えたのは比呂様が初めてですから、少々行きすぎでも、数十年も経てば落ち着かれるはずですよ。信じて待つことも大切です」

「それは分かるけどさあ、数十年って……長すぎるだろ」

眉を寄せた比呂に、藤は小さく微笑《ほほえ》んでいる。

藤も茜と同じ、狗神の眷属だ。

外見年齢は二十代半ばか後半に見える、もの柔らかな雰囲気の、どこか女性的な美貌《びぼう》の持ち主だ。肩につくほどの白い髪に、一重の黒眼。桜色の唇。肌は内側から光っているように白い。背は比呂より高いが、体は細く、今日は朽葉色の着物をきれいに着こなしている。それでいて、繊弱とはほど遠い、しなやかな男らしさを感じさせるのが藤だった。

「でもさ、昨日はあいつが俺から離れなかったから、夕飯もそろってとれなかったし」

「比呂様の、その私たちを家族のように思ってくださるところ、とても好きです」

不平を言うと、藤は眼を細め、本当に嬉《うれ》しそうな顔になった。

藤が言う私たち、とは藤と茜のことだ。狗神の屋敷には、比呂と狗神の他はこの二頭の神狼しか住んでいない。以前はもっと眷属がいたそうだが、一度狗神が力を失いかけたため養えなくなり、今はいなくなっていた。

「それにしても藤、料理上手《うま》いなあ。街でも定食屋開けそう。どこで勉強したの？」

ゴボウを笹がきにしていく藤の美しい手際を見て、思わず比呂はため息を漏らす。藤はニッコリと微笑み、

「少々、料理教室など通いました」

と、涼しい顔で言う。

本当か嘘かは分からないが、実際藤は主人である狗神よりよほど人間の生活や習慣について詳しい。この屋敷に来たばかりの頃、真っ先に比呂の心の機微を理解してくれたのも、他ならぬ藤だった。

比呂も含め、茜と藤も狗神の神気を受けているので、食事はとらなくても生きていける。しかし藤は「人間にとって、食べることは生命の源です」と言い、比呂には食事をとることが必要だと主張してくれた。比呂は藤の、そういう心配りに、何度となく救われてきた。おかげで今は、四人そろって食卓を囲むのが習慣になっている。

それにしても、本当に料理教室に通っていたら、藤はさぞかし女性にモテただろうな、と比呂は思う。女性的な美しさの中に潜む凛《りん》とした男らしい気品、物腰の柔らかさなどは、狗神にはない魅力だ。

その時藤が、「でもまあ、確かに」と付け加えた。

「比呂様がいらしてからというもの、旦那様は少し神経質ですね」

窓から見える庭の空を見て、藤が呆れたような息をつく。

今日は雨ではないが、曇りだ。比呂がこの屋敷に来てからは圧倒的に晴れの日が増えたというが、ほんの些細《ささい》なきっかけでこうして天気も悪くなってしまう。

言わずもがな、曇天《どんてん》は昨日比呂が負った怪我のせいで、狗神がまだ落ち込んでいる証だった。

「四六時中、旦那様に見張られているようで気詰まりなら、私からも一言、口添えしてみますが」

「べつにそれはいいんだよ。本気で見てるっていうより、なんとなく気配で感じてる程度だろうから」

伴侶と神は、魂そのもので繋がっている。

だから、狗神なら、どうしても比呂がどこでなにをしていても、見ようと思えば見えるらしい。人間の自分と神の狗神なら、狗神のほうが強くなる。

しかしそれは、伴侶になる時から納得していた。隠さなければならないことなどなにもないのだから、見られていること自体には窮屈さを感じていない。それにつぶさに監視しているのなら、昨日も木に登ったあたりで駆けつけてきただろう。

狗神はヤキモチ焼きだし、心配性だけれど、自分のためだけに比呂を縛りつけられるほど傲慢ではないのだ。その不器用な甘さ、優しさも、比呂にとっては愛すべきところだったりする。

本当は、ほんのちょっとの傷で大騒ぎされることも、それ自体は愛されている証のようで少しだけ嬉しいし、苦痛ではない。

(……そう。そうなんだよなー、傷で文句言われるだけならべつに、大袈裟《おおげさ》なんだからーってだけなんだけど。そうじゃなくて……)

「……もし、俺がまた、死んだらさ」

無意識に、比呂は心に浮かんできた不安を呟いていた。

「比呂様……そんなことは、口になさいますな！」

けれど口にしたとたん、隣に立っていた藤に語気鋭く言われ、その声の厳しさに比呂は驚き、ハッと顔をあげた。

「あなたを失いかけた時、どれほど、どれほど私たちが心痛めたか……」

見れば、比呂の死にかけた時のことを思い出したのか、いつも冷静沈着な藤の顔が怒りに青ざめ、震えていた。水に濡れた手さえ構わず、着物の打ち合わせをぐっと握って、藤はそれ以上感情的になるのをこらえているようだった。

「悪い、藤……ごめん」

とたん、比呂の中に、たまらない罪悪感が突き上げてきた。

狗神だけではない、藤もまた神の眷属であり、その愛情は痛いほど真っ直ぐで純粋であることを、比呂は思いだした。いつも落ち着いていて、自分のこともよく理解してくれる藤なので、比呂はつい甘えて、自分の弱さをさらけ出してしまう。

けれど数秒の間に、藤は気持ちを整えたようだった。

申し訳なくてうつむいていた比呂へ、そっと手を伸ばし、頬にかかっていた髪を梳《す》いてくれた。白くて長い指の、その優しい仕草に顔をあげると、悲しそうな藤の瞳と視線がぶつかった。

「比呂様には、いつでも私たちのそばで、笑っていてほしいのです。旦那様だけではなく、私も茜も、比呂様のいない生活などもはや考えられないのですから。……だから、けっして、先立つことなど考えてくださいますな」

諭すような、叱るような声に、比呂は「うん」と頷《うなず》いた。

「……ごめん、変なこと言って。……でも！　死んでもいいとか、そんな気持ちで言ったんじゃないからさっ」

最後はわざと明るく言うと、藤も気持ちを切り替えたように微笑み、「当然でしょう」と言って、前掛けの紐をかけ直した。

「さて。お手伝いはもういいですよ。比呂様はしばらく、自由になさっててください」

（あーあ、失言だったなあ）

台所から庭へ出たところで、比呂は反省した。

（死んだら、なんて。大事な人に言われたら辛《つら》いよな。失う恐さは、俺も知ってるのに）

比呂も幼い頃に父母を亡くし、二十歳まで育ててくれた祖母も亡くした。

優しく芯《しん》の強い祖母を比呂は愛していたけれど、狗神の伴侶として神域にいたためにとうとう看取ることができず、今でも思い出すたび胸が苦しくなる。朝起きると必ず祖母の写真に手を合わせ、

（ばあちゃん、ごめんな。ありがとう）

と祈っている。まだ祖母を失った傷は癒《い》えていない。狗神の不安や、藤の気持ちもそれと同じで、一度比呂が死にかけた記憶は、簡単には割り切れないものなのだろう。

もちろん、比呂がかわり身になるということは、狗神の本体である大楠が傷つけられるか、狗神自身が心臓を貫かれるかでもしない限り、起こりえない。

樹齢千年のご神木として大切に祀《まつ》られている大楠が伐られることはまずないし、神気に溢れた狗神を殺せる者もいるとは思えないから、そんなことは妄想のような話なのだけれど。

しかしそう言った問題ではないのだろうと、部屋へ向かう道すがら、曇った空を見上げて、ため息をつく。

昼下がりのこの時間、狗神は里の神社へ行っている。

神は参拝客の願いを直接叶えることはなくとも、その魂に触れることで相手に元気を与えたり、幸せな気持ちにしてやることはできるそうで、狗神は日中、毎日のように里の大楠に下りていた。

とはいえ、人間世界と神域では時間の流れが違うし、それでいくと狗神不在の時間に参拝にきた人は損しないのかと比呂が訊《き》くと、数日おきに出向けば、狗神の神気がしばらく神社に満ちるので、それで十分なのだそうだ。

素直ではないから自分からは中々そうと言わないが、狗神は人間が好きな神だ。

かなり頻繁《ひんぱん》に神社へ下りるせいか、御利益も相当感じられているらしい。

最近ではよく雑誌などに『イチ推しパワースポット』として名前が挙げられるようになり、つい先日など、どこで手に入れたのか、藤がDVDプレイヤーとDVDを持ってきて、

「人間たちのテレビ番組でうちが特集されておりました」

と、番組の録画を見せてくれたりもした。

もっともテレビ番組を見ても、茜は「どうして小さいはこに、旦那様のおやしろが出てくるの？　そのはこに入ってるの？」と言っていたし、狗神などは、「永遠《とわ》？　壺《つぼ》と？　なんだ、とわつぼっとというのは」と、パワースポットの意味さえ理解していない様子だった。

なにはともあれ、狗神の神社は満員御礼。普通なら、なんの憂いもない状況だった。

と、その時、比呂は自分の部屋の前に佇《たたず》んでいる小さな影を見つけた。

茜だ。小さくなって肩を落とした茜が、手に赤い風船を持って立っていた。

「茜、風船どうしたんだ？　藤がもらってきてくれたのか？」

話しかけると、茜が比呂に気づいて赤毛の耳をぴんと大きく立てた。

「あ、比呂さま。あの、旦那さまがとってきてくれたの。おそとの木にひっかかってたって」

「そっか、神域の中なら、あいつすぐ分かるもんな。良かったなー」

昨日は叱っていたが、狗神も結局は茜が可愛いのだろう。屋敷の外の神域に残っていた風船を、わざわざ探してきてやったらしい。そんな狗神の気持ちも、茜が優しくしてもらえたこと

にも自分のことのように嬉しくなり、ニコニコして頭を撫でてあげると、茜の眼に、みるみるうちに涙が浮かんできた。

「でも旦那さま、なんだか元気がなかったの。今日、お空にお日さまもいないし、茜がきのう、比呂さまにおけがさせたからでしょ？　ごめんなさい……」

そこまで言うと、茜はずっとこらえていたものが我慢できなくなったように、しゃくりあげた。比呂は慌てて廊下に膝《ひざ》をつき、茜の小さな肩をさすってやった。

「そんなんじゃないよ。茜は悪くないって。狗神に、また叱られたのか？」

訊《たず》ねると、茜はぶんぶん、と可愛い顔を横に振る。

「旦那さまはね、茜にこわい声してわるかった、ってゆってくれました。でも、藤さまにゆわれたの。茜は比呂さまにあまえすぎだって。おせわがかりのじかくがたりませんって」

茜は耳をぺったりと寝かせて、しょんぼりしている。丸まった尾を抱きしめて小さくなっている様子が、打ちひしがれた子犬のようでかわいそうになり、比呂は抱き寄せて背を撫でてやった。

藤に見られたらまた、「甘やかして」と言われそうだけれど、人間で言うならまだたった七つ八つの子どもに、甘えるなというのは少し酷だと、比呂は思ってしまう。

もちろん、藤も狗神も茜が憎くてそんなふうに言うわけではないけれど。

「茜に甘えてほしいのは俺のほうなんだから、いいんだよ。俺と狗神がケンカするのがよくないんだ。ごめんな?」

謝ると、茜はまた、ぶんぶん、と首を振る。優しくされて気が緩んだように、大きな瞳がよけいに潤んでいる。

「茜は毎日、俺のお茶淹《い》れてくれるだろ。それだけで助かってるんだよ。ほら、あんまり泣いてるとまた風船飛んでっちゃうぞ」

小さな体を抱っこして、優しく揺すってやっていると、茜は安心してきたらしくだんだん落ち着いてきた。

「いいこと考えた。こうしといたら、風船なくさないな」

茜の細くてぷにぷにした手首に、輪っかにした風船の紐を通してやると、茜はそれが嬉しかったようだ。やっと泣きやんで、陽が射すような笑顔になった。

「ありがとう、比呂さま」

「どういたしまして」

にっこり笑い返すと、甘えすぎだと叱られたことも忘れたように、茜は比呂にくっついてきた。茜の耳が比呂の頬にあたり、ぴくりぴくりと動くたび、ふわふわと優しい毛の感触がして心地いい。

「もし茜にも母さまがいたら、比呂さまみたいだったのかなあ」

ぽつんと言われ、比呂は茜の顔を覗《のぞ》き込んだ。茜は嬉しそうに比呂が風船の紐をくってあげた手を見ていたが、そういえば、茜の両親は茜を産んですぐに死んだのだと聞かされたことがあるのを、比呂は思いだした。

「茜はおぼえてないけど、藤さまが、茜の母さまはけんぞくいちのびじんなおおかみだったってゆうんです」

自慢げに言う茜に、比呂はふと、思いついて訊く。

「茜は昔、この屋敷にいた他の神狼たちがどこに行っちゃったか、知ってるか？」

比呂の脳裏に、少し前までの里のことがよぎる。

里の過疎化が始まったのは五十年前だと聞いたことがある。信仰者を失い、開発で山を削られた狗神は神気が弱まったため、藤や茜のような眷族を大勢手放したらしい。

出会ったばかりの頃、情の深い狗神にとっては、それもまた辛い心の痛手となっていた。

「とっても小さいときだから、あんまりおぼえてないですけど」

茜は眉を寄せ、うーんと考え込むような顔になる。

「でも茜には、みんなやさしかったって。藤さまにきいたら、はんぶんはふつうの狼にもどって、お山でくらして、はんぶんは旦那さまのお友だちのところでくらしてるって」

「狗神の友達？　そいつも神ってことか？」

もしかしたら、他の神の眷属になったということだろうか。すると、茜がこっくりと頷いた。

「旦那さまは、だいじなかぞくがいなくなって、とっても悲しかったの。でも、お里に人がきたり、お山のけがも治ったら、旦那さまも痛くなくなるから、またむかえにいけますよって藤さまがゆってました」

茜の説明はいつも言葉足らずだが、それにはもう慣れた比呂だ。難なく理解できる。

(山に戻された狼と、どこかの神様のところに預けられた狼がいるのか。山に戻したほうは今もまだ生きてるとは限らないけど……子孫はいるかも。それに預けたほうは、迎えに行けば、今の狗神の神気なら、養えるんじゃないか?)

突然、なにかの啓示のように比呂の頭の中に、ある考えが閃《ひらめ》いた。そもそもここに正式に嫁いできた時、比呂は自分から言ったのだ。

——参拝客が増えて、力が戻ったら、手放した神狼たちも呼び戻せる。

なぜ今まで忘れていたのか。

狗神が、愛する者を失う痛みを知らない頃に戻ることはもうできない。

けれどその喪失をもう一度埋め直し、やり直すことで乗り越えていくことはできるのではないか?

自分が祖母を失った苦しみを、新たに得た狗神という伴侶、藤や茜という家族のために、乗り越えて来られたように。

それに、極端な考えかもしれないけれど、いつか自分がなにかの理由で先に死ぬようなことがあっても、養うべき家族が沢山いれば、愛情深い狗神は、生きていける気がした。

（そうだ、狗神の家族を取り戻そう。手放した神狼たちを、探してみるんだ。そうすれば、狗神も俺のことで悩まなくなるかも！）

　ここしばらく、出口の見えなかった薄闇の中に突然光が差し込んできたような感じだった。比呂の心は突破口を見つけて勢いよく弾み、興奮で、頬に血がのぼってきた。

　慰めの言葉ではぬぐえない狗神の不安を、解消できるかもしれない。

　そのためなら、なにがなんでも眷族を捜し出そうと、比呂は心に強く決めたのだった。


「……なにを戯《たわ》けたことを言っているのだ、お前は」

　けれど比呂の、「眷属を迎えに行こう」という提案を聞いた直後、狗神は胡乱《うろん》な眼をしてそう言い放った。

　ちょうど神社から狗神が戻ってきて、夕飯も終わり、食後のお茶を啜《すす》っていた時だった。藤は片付けのために台所へ引っ込み、茜もその手伝いをしていたので、今が好機だと比呂は切り出してみたのだが、狗神の反応は思った以上に素っ気なかった。

「なにって、前々からそういう話だったろ。お前の神気はもう十分戻ってるし、俺もそばにいて、お前を想ってるんだからもうまた、弱ることはないよな。眷属の半分をどこかに預けてるんなら、まずはそっちから迎えに行こう」

「要らん」

「なんでだよ。預け先ってどこ？　お前の眷属って狼だろ。てことは、預かってくれてる神様も狼の姿をとってるんだよな？」

「知らん。忘れた」

「はあ？　こんな大事なこと、忘れるわけないだろ。なんで隠すんだよ！」

すげない狗神の返事に思わず声を荒らげると、「一体なぜ急に、そんなことを言い出す」と睨みつけられた。比呂は「それは……」と口ごもったまま、言葉に詰まる。

――家族を取り戻したら、お前は俺を失うんじゃないかって、怯えなくなるだろ。

とは、とても言えない。それはたとえ伴侶でも、いや、伴侶だからこそ言えない一言だ。

狗神は黙り込んだ比呂をどう思ったのか、小さく舌打ちして「どうせろくでもないことを考えているのだろう」と一蹴《いっしゅう》した。

「とにかく、お前が考えることではない」

「俺が考えることじゃないってなんで？　俺はお前の伴侶だぞ。伴侶が家族のこと心配してなにが悪いんだよ！」

「この家の家長は私だ！」

比呂が食卓を平手でバン、と叩くと、狗神は応戦するようにドン、と拳《こぶし》を打ち付けてきた。

なんだそれは。家長だのなんだの、時代錯誤にもほどがある、と反論しかけた比呂は、けれど続けられた狗神の言葉に声を呑《の》んだ。

「私はお前だけで手一杯なのだ、私は今、お前だけでいい。お前だけでさえ失うのが……」

言いかけた先を、狗神は言わなかった。苦いものを口にした時のように眉間《みけん》に皺《しわ》を寄せて、決まり悪そうにそっぽを向いてしまう。

「……俺を失うのが、なんだよ？」

「うるさい。二度と妙な口出しをするな」

続きを促した比呂に、狗神は怒ったように吐き出すと、そのまま立ち上がり、大股に部屋を出て行ってしまう。

「なんなんだよ……バカ……」

廊下を見たけれど、気まずくなった時にはいつもそうするように、狗神は煙のように姿を消してしまっていた。話半ばに放り出されたのが不満で、比呂は頰を膨らませる。

（俺を失うのが怖い、って言おうとしたんだろ。分かってるんだよ。だから家族を呼び戻したいんだろ。お前のためじゃん。なのになんで怒るんだよ）

むかついて、空になった湯飲みに茶をつぎ、一気に飲み干す。

するとため息と一緒に、「比呂様も旦那様も……いつになったらケンカをせずに話し合いができるようになるのです」という呆れ声が聞こえてきた。

見ると、ちょうど藤が茶の替えを持って部屋に入ってきたところだった。

「……今の話、聞いてたか？」

「ええまあ。ですが、眷属の話は、旦那様にはまだ早すぎます。先に私に相談してくだされば よいものを」

隣に腰を下ろし、比呂に新しい茶を注いでくれながら、藤が言う。

けれど、どうして早いのだ、と比呂は納得がいかなかった。

大体自分は、狗神を困らせたくてこんな話を持ち出したわけではない。

比呂自身は茜と藤との四人暮らしで十分だ。見も知らない眷属たちを積極的に迎えたいかと いうと、そうでもない。

眷属たちが戻ってくれれば、人間の自分が屋敷の中で浮くのではないかとか、彼らに受け入れ てもらえるのかとか、それなりの不安がある。あるけれど、それよりも狗神が元気になること を優先したいから提案したつもりだ。

それに、待っているだろう眷属たちの気持ちも気がかりだ。会ったこともないけれど、中に は茜のように幼い子もいるかもしれない。

「藤は、彼らがどこにいるか知ってるんだろ？」

知っていますが……と藤は一瞬言葉を濁し、それから「ですが教えられません」と答えた。

「旦那様が望んでいないことは、教えられないのです。なにか力になりたいという比呂様のお 気持ちは分かりますが……」

「藤の立場は分かってるけど、だからってできることがあるのに、しないのかよ？」

思わず、比呂は言い返していた。藤が主人である狗神を尊重するのは分かるけれど、今回ばかりは自分のほうに味方してほしかった。

「眷属は狗神の子どもみたいなものじゃないのか？　どこかで待ってる狼たちが茜や藤みたいなら、俺は早く迎えに行ってあげたい。それに、見守ってるだけじゃなにも変わらない」

自分の意見を聞いてくれない狗神に対してや、狗神の不安を感じるたびに比呂自身も心揺れてしまうことで、つい気持ちがもやもやとし、きつい口調になった。藤が眉をしかめ、叱るような顔になる。

「比呂様。いろいろと事情があるのです。今は申し上げられませんが、私だとて……」

けれどその先は、なにやら、聞いたこともない悲鳴でかき消された。

『ギャー！　ハギャセ！　クソガキャー！』

やけに甲高いだみ声。この屋敷で一度も耳にしたことのない奇妙な音に、比呂も藤も言い争いさえ忘れ、眼を丸くして、顔を見合わせた。

「比呂さまっ、藤さまーっ」

続いて茜の声が重なり、その時には比呂も藤も部屋を飛び出していた。状況は分からないが、茜が危ない、と思ったので、無我夢中になる。

「比呂さまっ、藤さまっ、みて！　おもしろいのがいるの！」

けれど声のした縁側のほうに出ると、心配した茜は満面の笑みで、元気いっぱい尻尾を振りながら、小さな両手になにか茶色い物体を抱え、走ってくるところだった。

『ハギャセ！　クソガキャ！　我ハ原初ノ神ノ御遣イダギャー！』

茜が手に持っているのは、大きなヒキガエルだった。ただし、比呂が昔里の田んぼで見かけていたようなヒキガエルとは少し違う。そのヒキガエルは烏帽子《えぼし》を被《かぶ》り、神職者のような狩衣《かりぎぬ》を着ていた。指は三本、そして明らかに怒った様子で、細い手足をジタバタとさせている。

藤が額に手をあて、頭が痛いとでもいうようにため息をついたと思うと、

「茜、離してさしあげなさい。その方は私たちと同じで、とある神の眷属ですよ」

「えっ？　しっぽも耳もないのに？　茜より小さいのに、しっぽしまえるの？」

藤は怒った顔になり、眼を丸くして首を傾げた茜の、甚平の首根っこを摑《つか》んで持ち上げた。

「どこをどう見たらそれが狼に見えるのです！　いいから離しなさい、この無礼者！」

怒鳴られた茜が藤の迫力に震え上がって手を広げると、ヒキガエルはぐしゃっと廊下に落下した。踏まれたカエルのように、手足を伸ばしてぴくぴくと震えている。

「おい藤、お前が茜持ち上げたから、さらにひどいことになってるぞ……」

思わず突っ込んでしまった比呂だが、藤はまるで聞こえなかったかのようにその台詞《せりふ》をさらりと無視し、廊下に膝をついた。そうして美しい頭を恭《うやうや》しく垂れて、言ったのだった。

「原初の神の御遣いにして眷属の、千如《せんにょ》様。私の同胞の無礼を、どうぞお許しください」

三

『マックタク、ヒドイ目ニ遭ッタギャ！　原初ノ神ノ御遣イデアル我ニトンダ無礼ギャ！』

木造屋敷の中に応接間として作ってある唯一の洋室で、狩衣姿のヒキガエルが怒っている。そのうえそのヒキガエルは、アンティーク調のテーブルの上に乗り、小さな杯《さかずき》で藤《ふじ》が出した紅茶を飲んでいた。

そのおとぎ話のような光景を見て、比呂《ひろ》はキツネに化かされているような気分だった。もっとも神の伴侶となっておきながら、キツネに化かされているもなにもないのだが——それでも、喋《しゃべ》るカエルは初めて見る。

「千如《せんによ》殿には、うちのものが失礼をした。それで、今日はなんの言《こと》づてを？」

向かいのソファに腰掛けて、狗神《いぬがみ》が訊いている。

見た目からはそうとも思えないが、どうやらヒキガエルは身分が高いらしい。藤などは一応、丁重な態度をみせていたし、すぐに狗神を呼んできた。

比呂は外に出されていたが、なんとなく気になって隣の間からこっそり応接間を覗いていた。

先ほど藤にこっぴどく叱られていた茜《あかね》も、横で息を潜めている。

「……なにをしているのですか。あなたたちは」

と、茶を出したあとの藤が比呂と茜を見つけ、怖い顔で叱ってくる。比呂は慌てて、人差し指を唇の前に立てた。

「しーっ。ちょっとだけ。どうせ狗神は俺たちがここにいるの気づいてるよ。出てけって言わないんだから、大丈夫だろ？」

比呂が言うと、藤もそのとおりと思ったのか、ため息をついて横に座った。細く開けた襖の間から、うっすら見える応接間では、狗神が三人の様子に気づいたように一瞬眉をしかめている。

『言ヅテモナニモ、原初ノ神ノ宴ノ時期ギャ。忘レタキャ』

ヒキガエルの言葉に、比呂は首を傾げる。

「原初の神って？　宴ってなに？　藤」

「原初の神とは、八百万《やおよろず》の神の長《おさ》、日本国で初めに生まれた最も尊貴な神の通り名です。あの千如様は原初の神の言づてを各地に運ぶ伝令役なのですよ。私たちと同じ神の眷属といえど、ご身分は一段高いのです」

藤の答えに、比呂はへぇ〜と納得するしかない。原初の神だとか、神の長だとか言われても、なんだかよく分からない。

「宴というのは、原初の神の神域で開かれる、七晩に及ぶ会合のことです。その時には、全国から八百万の神々が一堂に会します。こちらの時間で八年に一度ですから、人間の世界では五十数年に一度でしょうか。前回はちょうど大変な時でしたので、旦那様は欠席されましたが」

五十数年に一度、と聞き、比呂もピンとくるものがあった。

その頃は確か、里の過疎化が進み狗神の力が衰えていた時期だ。

(力が弱まってた頃なら、宴なんて参加してる場合じゃなかっただろうし)

茜も赤ん坊同然だっただろうから、ヒキガエルに覚えがなく、無礼な態度をとってしまったのも無理はない。

その時、

『噂デハ、オ主《ぬし》、消エカカッテオルト聞イテイタギャ、先刻イタ人間ギャ、例ノ伴侶キャ。一度披露目《ひろめ》デ連レテキョイ。神々モ喜ブギャ』

例の伴侶、とカエルが言い、比呂は自分のことかと耳をそばだてた。すると狗神が、一気に不機嫌そうな顔に変わっている。

「狗神のやつ、なんであんなに態度悪くなってるんだ?」

わけが分からず首を傾げると、横で藤に「ご自分の話題でしょう。比呂様はどうしてこういうところだけ、やたらと鈍いんでしょうね」と呟かれた。

「悪いが私の伴侶は見世物ではないのでな。今度も欠席するつもりだ」

素っ気ない狗神の返答に、カエルは『イヤ、来ルンダギャ』と決めつける。

『景気ノイイ話デモナキャヤッテラレンギャ。西デハ青月《あおつき》ギャ狂イダシテルギャ。オ主、伴侶ヲ連レテ話ヲツケレンキャ』

狗神はぴくり、と眉をあげ、「それこそ、行く理由にはならん」と突っぱねた。

「東雲《しののめ》の話も聞かなくなっているそうではないか。私も、私の伴侶も、関わる義理はない」

『出シ惜シミスルナギャ。マアイイ、部屋ハアルキャラ、湯ニモ浸カリニ来ルギャ』

ヒキガエルはそう言うと、三つ指の両手で器用に持っていた杯を置き、ひょいと飛び上がる。そして杯の中にわずかに残っていた紅茶の中へ、すうっと、幻のように消えていった。あとには紅茶の液が跳ね上がる、ぽちゃん、という音が残っただけだ。

(うわ、水のあるとこから移動できるのか？　やっぱり神様の遣いなんだ)

珍しいものを見てびっくりしていた比呂だが、その時ふと、膝に乗せていた茜が楽しそうに藤を振り向いた。

「うたげって、いっぱい神さまくるんですか？　コガネムシとかダンゴムシもくる？　藤さま」

庭で小さなムシを捕まえて遊ぶのが好きな茜は、わくわくした様子で大きな耳をピンと立てている。藤がそんな茜に、呆れた顔で言い聞かせる。

「いらしたとしても、神や神の眷属を捕まえたりするのは無礼なのですよ、茜」

その時比呂は突然、気がついた。八百万の神々が集まる宴ならば、狗神と同じ狼の神も来るのではないか？　と。つまり、

（狗神の眷属を預かってる神も、来るんじゃないか!?）

そう閃いた瞬間、比呂は立ち上がり、応接間に続く襖を開け放っていた。

「狗神。お願いっ！　一生のお願い！　その宴、連れてって！　俺、行きたい！」

その勢いにぎょっとしたような狗神の隣へ、比呂は飛びつくようにして座る。とたんに、すぐ後ろで茜が「茜も！　茜も！」とぴょんぴょん飛びはね始めた。

「茜もゆきたいですっ。ダンゴムシの神さまとあいたいですっ。くるんってしてほしいですっ」

状況などほとんど分かっていないだろう茜が、ただその場の勢いで楽しそうに言い出す。

家族二人の猛攻に気圧《けお》されて、一瞬言葉を失っていた狗神だが、やがて気を取り直したようだ。思ったとおり「行かぬ」と拒んできた。しかしこちらも、毎日顔を突き合わせているのだから、そこまでは予想していた。自分の眷属を迎えに行くことにさえ消極的な狗神が、簡単に宴に行くつもりになるなどとは、思っていなかった。最近ようやく分かってきたが、狗神はどちらかというと引きこもるタイプであって、社交的な性格ではけっしてない。

（だからって諦《あきら》めてたまるか。このまま屋敷の中に閉じこもってても眷属の行方は分からないんだ。宴で預け先の神様さえ見つけられれば、話は一気に片付く。もし見つからなくても、行

方を知ってる神様は、絶対にいるはずだ）

　眷属を迎えられるかどうかは別として、とにかくどこにいるのか、ちゃんと生きているのか、そして彼らが今も狗神と暮らしたいかどうかだけでも確かめたいと比呂は思った。

　比呂は意を決し、小さく肩をすぼめてうつむくと、わざと口元に丸めた手を当てて「嘘つき」と呟いた。

「なんだと？」

　狗神が比呂の言葉に、ぴくりと眉を持ち上げる。

「伴侶になった時、言ったくせに。行きたいとこ、どこにでも連れていってやるって」

　言いながら、ホームドラマの妻のような台詞だと思う。しかし効果は覿面《てきめん》だったようだ。狗神はぎくりと大きな体を竦《すく》ませ、「そ、それは」と言葉に詰まった。

「自分が一緒なら遠出もできるって約束したろ。人間はさあ、普通結婚したら新婚旅行とかあるんだぜ。俺、連れてってもらってない！」

　これまたわざと頬を膨らませて睨みつけると、狗神は眉を寄せ、あきらかにたじろいでいる。

　整ったその顔に、ちらちらと罪悪感がよぎるのが丸分かりだ。その単純さが愛しいやら、かわいそうなやら……それでも比呂は、演技を続けた。

「さっきのカエル、湯がどうとか言ってたじゃん。宴の場所に、温泉とかあるんだろ？　いいなあ、温泉……家族で行くの、子どもの頃から夢だったなあ……」

はあ、とわざとらしくため息をつくと、茜が「おんせんって比呂さま?」と無邪気に比呂の膝に甘えてきた。比呂は茜を抱き上げ、「家族で行くと楽しいところ」とニッコリする。

「茜とはまだ、アウトレットしか一緒に行ったことないもんな。しかもいっつも、俺と茜と藤の三人きりで、誘っても狗神は来たがらないし」

「私は神社には出向いている。あんな人混み……それに二人きりでなら、何度か行っただろう」

「俺は家族サービスの話してんの。家族サービスが足りない!」

「かぞ……錆酢《さびす》? なんだそれは、調味料か」

「違う。四人一緒がなくて、淋しいってこと。淋しいよな? 茜」

「茜はダンゴムシいたらへいきです。おんせん、ダンゴムシいますか?」

「ほら、茜も淋しいって! みんなで行きたいって!」

事態が分かっていない茜の発言は不利になると思ったので、比呂はかき消すように言った。

「……くっ」

当の狗神はさすがに追い詰められているようだが、素直に「行く」とは言いたくないようで、小さな声で呻《うめ》いている。あともう一押しだ。比呂は藤のほうを見て、つい、救いを求めるような眼をした。

素直すぎる狗神と違って、聡《さと》い藤にはきっと比呂の魂胆などバレているだろうが、最後の最後、心のどこかでは藤は自分の気持ちを分かって、協力してくれるはずだという気持ちが、比呂の中にはある。

切れ長の、一重の黒眼からは藤がなにを考えているのか、読み取れない。けれどそれまで事態を静観していた藤は、やがてため息をつき、「旦那様、参りましょう」と言ってくれた。

「どちらにしろ先回、不義理をしているのです。そう何度も欠席しては、礼儀知らずとそしられます。神々の間では、楠月白《くすつきしろ》は消えたかと噂もあったようですし、旦那様のご威光いや増しているお姿を、神々にも示す良い機会でしょう」

「藤、貴様まで……」

自分の味方をしてくれた藤に比呂は嬉しくなり、抱きつきたいような気持ちだったが、狗神のほうは苦い表情だった。

「噂になっているのはそれだけではないのだぞ。千如の言い草を聞いただろうが。伴侶がどうとか……景気がいいだのなんだのと、見世物にするつもりだ」

「八百万の神々が、旦那様の新しいご伴侶ぞいかなるや、と噂しているのなら、以前の大鴉《おおがらす》のように勝手に来るものも出てきます。出し惜しみせず先に披露目をするのも一つの手かと。そのうえで、旦那様のご威光とご神気には勝てぬと思い知らせればいい。今の旦那様は、これまでの千年のどの時よりも、お力に溢れておられます。誰も手出しできませぬ」

（ごはんりょぞいかなるや？　なに、なんの話？）

藤の話の内容は、比呂にはよく分からなかった。

ふと、声を潜めた藤が「それに……西のことも、多少は気になりましょう？　様子見だけはしておいたほうがよいかと」と言う。

顔をしかめていた狗神が、しばらく逡巡《しゅんじゅん》したあと、小さく舌打ちする。

固唾《かたず》を呑んで見守っていた比呂は、「仕方あるまい」と承諾されて、思わず歓声をあげて狗神に抱きついていた。よく分かっていない茜も、嬉しそうに尻尾をバタバタと振っている。

先に立った狗神が疲れた顔で応接間を出て行き、比呂は藤に「ありがとな」と耳打ちをした。

「損得勘定をした上での協力です。……とはいえ、宴の地では、単独行動は避けてくださいよ。眷属捜しをしようなど、ゆめゆめ思われますな」

ぴしゃりと釘を刺され、比呂は苦笑した。やっぱり、藤にはバレていたようだ。分かった、約束する、とは言ったけれど、内心では藤の注意をあまりきちんと考えていなかった。

閉塞《へいそく》したまま出口の見つからなかった悩みに答えが見つかるかもしれない。

そう思うと、やっと希望の光が眼の前に見えてきたようで、その時の比呂はまだ、浮かれていたのだった。

それから出発までの三日間、狗神は不機嫌だったけれど、比呂が上機嫌だったのでだんだん諦めがついたようだ。やはり行かない、と言い出すこともなく、藤も黙々と旅支度に勤《いそ》しんでいたし、茜はいつもと違う屋敷の空気にウキウキと嬉しそうだった。

いよいよ旅立つ日の夜、比呂は藤に、新調したばかりの着物を着せられた。やはり晴れの場所ということで、比呂と狗神のものは七日分、新しく着物を作ったという。

比呂はそれに驚くやら、藤の張り切りようが理解できないやらで、

「ありもので良かったのに」

と、言うと、「うつけたことを申されますな」と叱られてしまった。

「いいですか。これから向かう地にはあらゆる神々がいらっしゃいます。比呂様は、東山道《とうさんどう》の大楠、楠月白狗の神のご伴侶として、多くの神に見られるのですから。ご衣装も一級品を身につけていただかねば。もちろん、旦那様の輝かしいご神気を身にまとっている以上、比呂様のお美しさを超えるご伴侶などおりませぬが」

とうとうと諭《さと》され、その藤の気迫に、比呂はたじろいで「そ、そうか」と引き下がった。

「お美しさ」などと言われて、内心、

（なに言ってんだこいつ……）

とは思ったが、神の世界のことはよく分からない。

また藤は、出かける前にもう一度詳しく、宴会の説明をしてくれた。

「そもそも日本国の土地はすべて、本来なら原初の神の神域なのです。旦那様を始めとする八百万の神々は、原初の神から神域を預かっている、いわば店子《たなこ》のようなもの。預かる神域の大きさは、それを維持できるだけの神気の大きさに比例しています。宴に出るのは、人間でいうなら借地の更新契約を取り交わすようなものと考えてください」

「またしばらく借ります、いいですよってやりとりするってこと?」

「八年に一度の宴の際に、原初の神は自分の土地を預けるべき神に相応《ふさわ》しいかを改めて判断するのです。神にとっては、八年の間についた魂の穢《けが》れを、原初の神の神気に触れることによって浄化することができるまたとない機会でもあります」

その話に、比呂はびっくりしてしまった。同時に、そんなことなら先回も欠席しないほうがよかったのでは、と思う。

「魂が浄化されるなら、荒《すさ》んでた頃の狗神は余計に宴に行くべきだったたんじゃないのか?」

「浄化できるといっても、それは、原初の神を敬う心に拠るのですよ。敬意の心を失っている状態では、原初の神の神気に触れられても、心は変わらない。人間でもそうでしょう。神を敬わぬ者の魂に、いくら神が触れても、なんの御利益《ごりやく》もありませんからね」

その理屈は、なんとなく納得できる気がした。どれだけお参りするかより、祈る心のほうがずっと大事だと、そういえば比呂も祖母から聞かされたことがある。

「原初の神は大変に寛大な存在ですから、数度の欠席や多少の魂の穢れでは、神域をとりあげません。が、欠席が続けば八百万の神々には陰口を叩かれます。どちらにしろ、今回は出席するべきだったのです」

藤はそう締めくくり、怖い顔をして比呂に再び、言い聞かせてきた。

「いいですか。比呂様は、月白様のご伴侶なのです。神格の低い者たちと好んで交わらぬよう。さらわれたりしたら大変です。指一本、触れさせてはいけませんよ。声をかけられてもついていかず、なにかあったらすぐ私に相談すること。神なんて、下心の塊ですからね」

口酸っぱく言ってくる藤が、まるで年頃の若い娘を心配する母親のようで、比呂は苦笑気味に「うん」と頷いた。

(俺なんか相手にする神様はいないと思うけど……)

原初の神の神域、と言われても比呂には想像もつかなかったけれど、普段から狗神の神域に住んでいるわけだし、これまで狗神以外の神にも会ったことがあるので似たようなものだろう、今さら特別気をつけることがあるのかと、内心甘いことを考えていた。

出発を前にして、比呂は淡黄の、品のよい袷《あわせ》を着せられた。着心地のいい上質の素材で、すぐに肌に馴染む。

「ああ……なんとお似合いでしょう。やっぱり、私の見立てに間違いはなかった。黄は黄でも、黄土色などもってのほか。淡い黄なら、比呂様の美しいお肌に映えると思ったのです」

自らは薄藍の着物を着た藤が、うっとりと、どこか自慢げに言う。

比呂は居住まいの悪い気持ちで苦笑していた。思うに、藤は親の欲目のようなものに取りつかれている。比呂からすれば藤のほうがよほど肌もきれいだし、着物も似合うのに、藤はいつも比呂のことをべた褒《ほ》めするのだ。

狗神はというと、鉄紺色の袷の上に紫黒の羽織を羽織っていたが、それが銀髪に映えていつも以上に美しい。けれどその顔は相変わらず不機嫌そうだった。

「なんだよ、まだそんな顔してんの？　笑えよな」

ここ三日、機嫌の悪い狗神に、比呂はついつい口を出した。

機嫌が悪くても、抱かない、という選択はないらしい狗神に、夜は毎晩抱かれていたが、いつもはねっとりと甘やかしてくる狗神が、この頃はあまり口をきかず、情事が終わるとふて寝したりする。

そんな態度に内心腹も立つし、傷ついていても、「やっぱり宴はやめよう」と言うつもりはなく、そのうち機嫌も直るだろうと比呂は放っておいた。

「ふん、淡黄がお前に似合うことくらい、私はとっくに知っておったわ」

ぶつぶつと憎まれ口を叩く狗神に、比呂は小さく笑ってしまった。

「そんなことでむくれてんの？　着物の仕立ては藤の仕事なんだから」

「違う。いけ好かない神どもがいるところに行くのに、わざわざお前を磨き上げるのが気に入らん。変なムシが余計に付く」

もはや比呂は、なにを言う気も失ってしまった。

（藤といい、狗神といい……俺みたいな凡人に寄ってくる神様がいるわけないのに）

自慢ではないが、人間社会で生きて二十年、比呂は男にも女にも、取り立ててモテた記憶はない。特別顔立ちが悪いとも思わないが、もちろん美形でもないし、藤や狗神のような華やかさも、茜のような可愛らしさも持っていない。

それなのに心配過剰、身内贔屓《びいき》の激しい二人に呆れかえったものの、一応は、一家そろって初めての遠出なのだから、笑顔で発ちたいとも思い、比呂は明るく声をかけた。

「旅行中は楽しく、が基本だぞ。ほら、笑顔、笑顔」

「気楽なものだ。どんな場所かも知らないで」

「行ったことない場所、知ってるわけないだろ。で、どう行くの？　夜から出るってことは相当遠いんだろ？」

神域から神域への渡り方など知らない比呂が訊くと、風呂敷包みを抱えた藤が「こちらですよ」と言って、縁側から庭へ下りた。見ると茜も大きな風呂敷を背負って、元気よく藤のあとについていく。狗神も歩き出したので、比呂は言われるがままついていった。

立ち止まった場所は、庭にある池の縁《ふち》だった。こんなところでなにをするのだろう、と不思議に思っていると、藤が茜の手を握っている。比呂は狗神に手をとられた。

「よいか、私の手をけっして離すな」

有無を言わせない強い口調だ。比呂はおとなしく頷き、握られた右手をきゅっと握り返した。狗神の体温が、手を通して温かく伝わってくる。

と、狗神が空いた手を池面にかざし、指の先から一滴、血を垂らした。丸い月を映して青白く光っていた水面に、波紋が広がる。

「……原初の神よ、我が母なる国土の神。私はあなたの子ども、楠月白の狗の神。水よ、この血を飲み込み、母のもとへ私を誘《いざな》え」

狗神が呟いたとたん、池面が白く輝きはじめた。耳元で、「行くぞ」と声がしたと思ったら、比呂はあっという間に腕を引かれ、池の中へ墜落していた。

(……溺れる……っ)

水の衝撃に息を詰めたのは一瞬だった。気がつくと眼の前が真っ暗になり、ありとあらゆる音が消え、水の感触もなければ眼も耳も触感も、五感の全てが失われていた。

(狗神……どこ……!?)

不安になったその束の間、比呂はハッと眼を見開き、驚愕《きょうがく》した。いつの間にか自分は、銀色の巨大な狼にまたがっていた。手のひらに摑んでいる、柔らかな毛の感触。小山のように大きな狼は、狗神だった。狗神は真っ暗な虚空を、音もなく駆けている。思わず振り向くと、すぐ後ろに狗神より一回りほど小さい、三尾の白い狼が見えた。白狼は口に、赤毛の、子犬のような狼をくわえている。

（もしかして……藤？　子狼は、茜？）

そう思ったのと同時に狗神が落下しはじめ、比呂は慌ててその背にしがみついた。狗神は真っ直ぐに、どこかへ落ちている——落ちる先に、青い海と豊かな緑の山々が見えた。横長の大地の形は、見たことのある形だった。学校の地理の教科書で、何度も見てきた日本の形だ——。

凄《すさ》まじい落下速度に怖くなって眼を閉じた時、比呂の手に、なにか温もりが灯《とも》った。覚えのある温もりだ。池に飛び込む直前に確かめた、狗神の手の温度……。

——眼を開けろ、比呂。島に渡らねばならない。

どこからか声がし、比呂はおそるおそる、眼を開けた。うっすらと開けた眼に飛び込んできたのはまず闇だ。顔をあげても、狗神の姿も、藤や茜の姿もない。ただ、つないでいるはずの手を誰かがぎゅっと握り返してくれる、その気配だけがある。

（……なに、ここ）

比呂は息を呑んだ。やって来るまでは感じていなかった恐怖感に、突然襲われた。

虚空の向こうに、赤い灯が小さく、いくつも灯っている。眼をこらしていると、やがて眼の前に大きな、湖のようなものが広がっているのが見えた。灯は、その湖の水平線に浮かぶ、小さな島の灯りのようだ……。

その時、湖の上を移動していくぼんぼりの列に気がついた。

一列に連なったぼんぼりは、岸から湖の上を通って、島へと移動している。湖上には灯りが映り、丸く光っているのに、それを持っている者の姿はどうしても見えない。

異様な光景と、狗神や藤、茜の姿が見えないことに、比呂は恐ろしくなり、心臓が嫌な音をたてるのを感じた。

「狗神、どこ？　いるんだろ？」

声を出したが、返事がない。かわりに、つないでいる手が強く握られる感触があった。

――灯りをとれ。

ただ一言、そんな声がした。当惑しているうちに、ぼんぼりの列は比呂のほうへと近づいてきた。誰かが、比呂に向かってぼんぼりを差し出してくる。相手は見えず、ぼんぼりの柄の先に、指だけがうっすら見える。

不気味だったが、右手の先には狗神がいるはずだと信じ、差し出されたぼんぼりを、そっと手に取った。

突然、視界が暗くなり、再び気がついた時には、比呂は水音も波紋も立てず、湖の上を歩いていた。左手からは、受け取ったはずのぼんぼりはなくなっている。それなのに自分も、先刻見たぼんぼりの行列の一人に連なっており、振り返ると、音のない世界に、丸いぼんぼりの列が長く長く続いていた。

それはこのうえなく不思議な光景だった。前の人も後ろの人も見えないのに、右手にはまだちゃんと、狗神の手の感触がある。

（……俺、神様の世界にいるんだ）

今さらのように、比呂はそんなことを思った。

初めて狗神を見た時に感じたのと同じ、この世ならぬものへの畏敬と不安で、胸の内が騒ぐ。自分がただの人間で、とても弱い存在なのだということを、不意に思い出して怖くなり、比呂は無意識のうちに、すがるように右手の温もりを握りしめていた。

湖が途切れたのは、それからどのくらい後のことだっただろう。

「比呂。よく頑張ったな。もう大丈夫だ」

不意にはっきりと狗神の声が聞こえ、顔をあげると、消えていたはずの狗神の姿が眼に飛び込んできた。周りからはぼんぼりの灯は消えており、自分が小刻みに震えていることに、今になって気がつく。恐怖から解放された安堵に、比呂は我慢できず、狗神の腕にしがみついていた。

「だから言っただろう。どんな場所かも知らずに気楽にと。恐ろしかったのだろう?」

言葉はきついが、狗神の声は優しく、穏やかだった。守るようにそっと背中を撫でられ、やっと心臓の脈拍が落ち着き始める。

その時、ふと耳に茜のしゃくりあげる声が聞こえてきて、比呂は我に返った。狗神の胸から離れると、すぐ横で藤が泣いている茜をあやしているところだった。

「おばけがいっぱいいたの、藤さまも旦那さまも、比呂さまもみえないんだもの」

「お化けなんていませんよ。あれは案内役です。ほら、もう比呂様もいらっしゃいますよ」

茜が泣き顔をあげ、「比呂さまあ」と甘えた声で駆けてきた。茜にそうされると、逆に守ってやらねばという気持ちが湧くせいか、比呂の恐怖も吹き飛ぶ。

膝にすがってくる茜の頭を撫でてやり、ようやく周りを見渡して、比呂は「うわっ」と声をあげた。

比呂たちが立っていたのは、大きな鳥居のすぐ真下だった。鳥居は立派な丹色で、数メートルもの幅があり、後ろは真っ暗だったが、正面は広い広い石畳の道になっていた。

両脇にはいくつもの灯籠《とうろう》が灯り、小さな店がびっしりと軒を連ねており、さながら縁日のようだった。あたりは食べ物の香ばしい匂いや、飴《あめ》のような甘い香りが漂い、人も大勢行き交っている。小さな店は色とりどりの暖簾《のれん》を掲げ、店の奥や道の向こうから賑《にぎ》やかな声がする。

「な、なんか門前町みたいになってるけど」

「ここは原初の神のいます本殿への参道です。人間が神社に参拝するように、八百万の神とその眷属は、原初の神へ詣《もう》でるのですよ。宴以外の日でも、来る神は大勢いるのです」

藤に説明され、なるほど、と一応呑み込む。

それでもまだ度肝を抜かれ、ぼんやりとしていた比呂の脇に、ぬっと大きな影が現れ、比呂は慌てて体をずらした。すんでのところで、後ろから来た人とぶつからずにすんだけれど、袖と袖が触れあいそうになり、慌てて「ごめんなさい」と謝った。

比呂を見下ろしてきたのは赤い着物を着た、巨大な鮫《さめ》だった。いや、正確には顔だけが鮫で、手足は人間と同じものだ。ただしその皮膚は、底光りする鱗《うろこ》に覆われていた。

「……っ」

相手の異様な姿に声にならない悲鳴をあげて、比呂はかたわらの狗神の腕にしがみついた。思わず茜を抱き寄せる。比呂の腕の中で茜は大きく眼を瞠《みは》り、

「お魚！」

と叫んで、藤に「茜！」と睨みつけられていた。

「比呂様も、いちいち反応なさいますな。ここは原初の神の神域、あらゆる神とその眷属がいるのです。なにを見ても平然としていただかねば」

「わ、悪い……」

けれど感情のなさそうな、ぎょろりとした鮫の眼と鋭く並んだぎざぎざの歯を思い出すと、比呂の背筋はぞっと冷えた。ただ、鮫の神は比呂とそして狗神を認めると、ぺこりと頭を下げて道を明け渡してくれた。見た目ほど、怖い神ではないのだろう。

歩き出した狗神にくっついて行きながら、よく見ると、道沿いの店の売り子も頭部は動物だった。イタチやウサギなどの小動物が多いが、カエルやヤモリなども見かける。行き交う人に

も動物頭の者は多くいた。が、中には茜のように、耳や尻尾が出ているだけの者もいる。

「いらっしゃいまし、いらっしゃいまし」

「今宵から七晩は、八年に一度の宴、今日だけの売り物見世物、たんとございますよ」

売り子の呼びかけに応じている者、無視する者、様々だ。一人で歩いている者もいれば、連れ立っている者もいる。

「なんかお祭りみたいだな。風船配ってるやつもいそうな雰囲気……」

きょろきょろとしていた比呂は、少し後ろを歩いていた藤に話しかけて、ぎょっとしてしまう。

というのも、藤の頭に真っ白で、綿雪のようにふわふわとした狗耳が二つ、くっついていたからだ。驚いて視線を下向けると、尻のところから、同じく綿雪のようなふんわりした白尾が三本出て、揺れている。隣の狗神を振り仰げば、狗神の銀髪の間からも耳が出ているし、尾は九本、邪魔くさそうに垂らされていた。

「ふ、藤。狗神も。あ、茜みたいに耳と尻尾が出てるぞ……?」

なんとなく気まずく、比呂はおずおずと口にした。

狗神の耳と尾は性交の時などに何度か見ているが、藤のそれは本当に初めて見るので、よけいに驚いた。指摘された藤は、雪白の頬をかあっと赤らめて、切れ長の美しい瞳で恨めしげに比呂を睨《ね》めつけてくる。

「仕方がないのです。ここは原初の神の神域で、どの神も争いごとができぬよう、力を抑えられるうえに、その本性を見せねば無礼とされているのです。好きでこのような姿を晒《さら》しているわけではありませぬ」

「わーっ、藤さま、茜とおそろいっ。藤さまの尾と耳、はじめて見ました！」

茜が眼をきらきらさせて言うと、藤は不本意なのだろう。むっつりと黙り込んでしまった。どうやら、耳と尻尾が出ていることが恥ずかしいようだ。

そんな藤を見て、比呂は
（神様たちの恥ずかしさの基準が、よく分かんないなー）

と、思う。以前、茜が耳と尾を消せないのは未熟だからだとしょんぼりしていたことがあるから、子どもっぽいとか、そういうことだろうか。

なんにせよ、羞恥心からふて腐れている藤が珍しく、ちょっぴり、可愛く見える。

「あれ、それじゃあ頭部が動物の人たちも、自分の神域では人間なのか？」

「頭部ごと本性が出てしまうような神は、力の弱い神か、低級の神の眷属だな。耳と尾だけで済んでいるのは、私が優れているからだ」

比呂の質問に、狗神が尊大な態度で言いきる。おかげで、比呂はなるほど、と思った。沿道の店の売り子はみなさほど力のない者たちで、だから一人も人姿の者がいないのだろう。もしかすると全員、先日宴の伝令に来たヒキガエルのように原初の神の眷属なのかもしれない。だとすると、売り子はさまざまな動物が集まっているから、原初の神というのは、どんな姿か想像もつかない。

（でもどっちにしろ、これで狗神の眷属捜しはラクになるかも……狼姿の神様を捜せばいいんだもんな）

道を歩いていると、そのうちあちこちからなにやらひそひそと噂する声が聞こえてきた。

「東山道のお狗様だ」

「力を取り戻されたというのは本当だったか」

「では、あれが噂のご伴侶か」

彼らも神かその眷属なのだろう。さまざまな姿をした者たちが立ち止まり、比呂たちのほうを見ていた。畏れをなしたように道の端に寄る者や、ニヤニヤしながら頭を下げてくる者もある。けれど藤は聞こえないふりをしているし、茜は店に気をとられて聞いていないし、比呂もなるべく取り乱さないよう気をつけた。狗神だけが不機嫌そうに眉根を寄せている。

やがて、店が途切れると大きな河があり、その上に橋がかかっていた。橋を渡ると、大きな平屋建ての木造屋敷がある。入り口は古い旅館のように門があり、それをくぐると玄関になっていて、数人の女人が立っている。女人だと分かるのは美しいそろいの留《と》め袖《そで》を着ていたからで、頭部はみなスズメだ。

「東山道は、奥信濃《しなの》の国、楠月白様ご一行様のおなり〜」

スズメの一人が言うと、他のスズメたちが深々と頭を下げる。

案内されて屋敷の中へ入ると、履き物を脱ぐ場所があった。旅館の受付のような場所には大勢の神々が集まっていて、赤い札を受け取っている。どうやら部屋の鍵《かぎ》のようなものなのだろう。と、烏帽子をつけた蛙《かえる》頭の男が出てきて、

「よく来たギャ。伴侶も連れてきたのはよキャった」

と言いながら、狗神に赤い札を渡した。三本指の手だ。

体は人間と同じ大きさだが、狩衣を着ているのと、特徴的なダミ声で比呂は先日の伝令役、千如だと気がついた。

「ところで月白、宴には青月も来たギャ。やはり話す気はないキャ」

千如に言われた狗神が、ふと眼を細める。するとその場に集まっていた神々がなぜかこちらを振り向いて、ひそひそと声をたてた。

「青月？　青月とはあの青月か」

「西海道《せいかいどう》の狗か。長らく来ておらなかったものを」

「もはや浄化のできる状態でもあるまいに、なぜ、此度《こたび》の宴に……？」

（あおつき……？）

取り交わされる会話に比呂が首を傾げていると、狗神が、

「気配だけで十分分かった。話す状態ではない」

口早に千如に言い、手をひいてくる。

いろいろと気にはなったが、神々の眼がこちらに向いているのは落ち着かなかったので、比呂はおとなしくそれに従った。

「行くぞ」

次はどこに行くのだろうと思っていたら、狗神の手にした赤い札がふっと消え、かわりに赤い蝶々《ちょうちょう》が現れて、ひらひらと飛んで行く。

「この蝶が部屋まで案内してくれるのですよ」

と、藤が教えてくれた。なにからなにまで不思議で、比呂はもう驚き疲れていたので、声もあげなかった。玄関のあった建物を出ると、すぐに長い回廊に入った。奇妙なことに、玄関ではあれだけ多くの神を見たのに、回廊に入ると誰にも会わなかった。遠くのほうにも、庭を挟んで回廊があるようだったが、それは霞《かすみ》がかってよく見えず、その上を歩いていく誰かの影もぼんやりとしている。

藤に訊くと、玄関の先はそれぞれの神とその眷属に割り当てられた場所につながっており、他の神は立ち入れぬようになっているから、誰とも会わずにすむらしい。

ようやく着いた部屋は居間が一つに寝室が二ついた、広い空間になっており、四方は美しい庭に囲まれていた。その庭には檜《ひのき》造りの風呂があり、こんこんと湯が湧いていて、風呂付きの温泉旅館のようになっている。

そこまで来ると蝶は赤い札に戻り、比呂は部屋の豪華さに驚きつつも、さすがに疲れて畳間に座り込んでしまった。

「……俺、狗神の屋敷にいて神様の世界に慣れたと思ってたけど、ここ、全然違うな。広すぎるしホラーすぎて、一度この部屋出たら、もう戻って来られない気がする」

次々と起こる妖《あや》しいできごとを思い出すと、忘れていた恐怖が胸に湧いて、比呂はぶるっと身震いした。よく考えてみれば、狗神の伴侶となってからもこちらの時間でたった半年しか経っていないのだ。この世界のことなど分からないも同然だ。

「そう思うのはよいことです。実際、お一人でうろうろするのは危険です。この部屋だけは安全ですから、宴以外はここに引きこもっていてください」

藤はそう言い、持ってきた荷物を奥へ片付けに行った。狗神も腰を下ろしたので、比呂は気を利かせて、茶卓の上にあった急須をとった。見ると、もう温かなお茶が入っていたので、四人分、湯飲みに注ぐ。

ふとその時、狗神が小さく息をついた。怒っているのとも、疲れているのとも違う、なぜか満足したような静かな息だった。ここへ来るまで不機嫌だった狗神がどうしてそんな息をつくのだろう。不思議に思って横顔を見ると、狗神は穏やかな表情で庭を見つめている。張り詰めた緊張が解けたような、柔らかな眼をしていた。

夜の庭には灯籠が灯り、空には満月がかかって白々と輝いている。

「比呂さま、ここ、すごくふしぎなの。あの赤い鳥居をくぐってから、茜、なんだか、母さまにだっこされてるみたいなきもち」

茜が尻尾を振りながらすり寄ってきて、比呂の膝を枕にして寝転がった。

「お母さんに抱っこされてるみたい？　安心するってことか？」

茜に訊いていると、横から狗神がもたれかかってきた。ここ三日機嫌を悪くして、ろくにくっついてこなかったくせに、今はなんだか満ち足りた顔で比呂の肩を抱き、こめかみにそっと口づけてくる。部屋に入って比呂も安心したせいなのだろうか。その優しい仕草が、久しぶりなだけに胸がときめいた。

「宴は憂うつだが、ここにいるのは悪くない。久しぶりに浴びる、母の神気が心地よい……」

安らかな声で呟かれ、比呂は狗神もまた、茜と同じような気持ちなのだろうと思った。

(この土地には、原初の神様の、神気が溢れてるのかあ)

比呂には感じ取れないなにかを、狗神たちは感じているらしい。

どちらにしろ、家族が安らかなのは嬉しい。つられた比呂もなぜだかホッとして、茜と狗神、両方の耳の裏を優しく掻《か》いてやる。二人ともうとうとと眼を閉じ、気持ち良さそうにしている。

「すっかり寛《くつろ》いでらっしゃいますが、宴はもうすぐですよ」

そのうち荷物を片付けた藤が、呆れかえった声でそう呼びにきた。

四

宴会場にはどうやって行くのだろうと思っていたら、いつの間にやら部屋を出てすぐ、宴の場になっていた。最初に通ったはずの回廊も、玄関も受付もどこに消えたのかは分からない。けれどそんな疑問もすぐに吹き飛んでしまった。眼の前に広がる宴会場の広さ、集まる神々の多さに比呂《ひろ》は眼を奪われた。

会場は端が見えぬほど広い板敷になっており、屋根はない。屋根はないが、どういうわけか橙《だいだい》色の灯籠《とうろう》が鈴なりに吊《つ》るされ、月が皓々《こうこう》と照って、あたりは明るい。ゆるやかな風とともに甘やかな香りがし、花びらがひらひらと舞っている。

スズメ頭の女たちが酌をしてまわり、背中から蝶《ちょう》の翅《はね》をはやした娘たちが踊りを踊っていた。食べ物はふんだんに置かれ、肉や魚や山菜などが大きな皿に山のように盛られて香ばしい湯気をたてている。

神々は丸い座布団に腰を下ろし、酒を酌み交わし、談笑していて、誰かが奏でる琴や尺八の音に混じり、それがさざ波のように聞こえてきた。

どこに座ればいいものか、原初の神とはどこだろう、と比呂がきょろきょろしていると、

「お。来たのか、久しぶりだなあ、狗神《いぬがみ》！」

と、明るい声がした。振り向いたところに立っていた男に、比呂は思わず声をあげた。

「八咫《やた》の神！」

狗神ほどではないが、藤《ふじ》よりは高い背に端整な面立ち。黒髪黒眼に、あご髭《ひげ》をたくわえ、眼《め》鏡《がね》をかけている色男。黒いカジュアルスーツを着て、ニヤニヤと食えない笑みを浮かべているのは、以前狗神の屋敷にやって来て、比呂を拐《かどわ》かしたこともある、大鴉《おおがらす》の神だった。

「よう、嫁さん。それに藤とチビ助。元気そうじゃないか」

神とは思えない気安さで言う八咫に、狗神は返事を返さない。藤は眉《まゆ》を寄せているし、茜《あかね》は比呂の膝《ひざ》に抱きついて、フーッと唸《うな》って牙《きば》を剝《む》き、耳も尻尾《しっぽ》もたてて震えていた。

「うそつきのカラス！　比呂さまとおはなししないでっ」

以前、比呂が八咫の神に騙《だま》され、連れていかれたことがあるため、茜の警戒は異常だった。

八咫のほうはそんな茜を見て「もう悪さしないって」と肩を竦《すく》めている。

その背中には畳まれた二つの黒い羽根が見える。大鴉の神ならではの顕現《けんげん》だろうけれど、人姿を保てるところを見ると、八咫の神の神気というのは意外と強いらしかった。

「八咫、貴様、今度比呂になにかしたら分かっているだろうな」

「分かってる、分かってる。ここじゃ休戦だ。第一、熊のヤツはバカだから半年経てばもう忘

れてるよ。お前の可愛《かわい》い嫁さんには手ェ出さないから安心してくれ」

狗神に睨《にら》まれた八咫の神は適当なことを口にする。そもそも比呂が八咫に招かされたのは、熊の神という強大な神と八咫とのケンカに巻き込まれたことが原因だったが、その件は一応片付いているらしかった。といっても、平気で嘘をつく八咫の神の言葉を信じるなら、だが。

そんなことより比呂は、八咫と一緒にある人物がいないのかと思わず辺りを探した。

「比呂？」

と、その時八咫の神の後ろから、一人の青年が顔を出した。

「鈴弥《すずや》!?　お前……いたんだ！」

気がつくとつい飛び出し、比呂は鈴弥の手を握りしめていた。

それは比呂と同じ、もとは人間の、神の伴侶《はんりょ》の青年だった。濡《ぬ》れたような黒眼に、柔らかそうな黒髪の絶世の美青年だ。女性と見間違われるほどの細面に、色白の肌。以前は女物の着物を着て、数多《あまた》の神の伴侶として渡り歩いていた鈴弥だったが、今はジーンズにシャツという、ごくカジュアルな、洋服姿だった。

「なんですか、原初の神の御前に連れて来るのに、あの服装は」

藤が後ろでじろりと八咫を睨んだが、八咫は「可愛いだろ？」と笑っている。なんにせよ、鈴弥は最後に比呂が会った時よりずっと健康そうで、ずっと穏やかな顔つきになっていた。

以前の鈴弥は三百年も生きてきたためか、捨て鉢になり、どんな神も愛せないと嘯《うそぶ》いていた。

本当は八咫の神を愛しているらしいのに、素直になれないで苦しんでいた鈴弥のことを、比呂はずっと気にしていた。

とにかく、今、鈴弥が八咫と一緒にいるようで、ホッとする。

「……よかった。ちゃんと会えたんだな。今も、ずっと一緒なんだな」

八咫の神と、という言葉は呑《の》み込んだが、鈴弥は比呂の真意を汲《く》んでくれた。小さく微笑《ほほえ》み、少し恥ずかしそうに「ああ」と頷《うなず》いた。

「まだ自信ないけど、一応くっついて旅してる。……比呂も、元気そうでよかった。あの時はごめん。ずっと謝りたかったけど、狗神の屋敷には入れなくて」

比呂は首を横に振った。握った鈴弥の手は、小さくて細い。けれど温かく、比呂の手をぎゅっと握り返してくれる。決まった神域を持たず、放浪を続ける八咫の神にくっついて生きていくことは、もとが人間の鈴弥には辛《つら》いことに違いなかったけれど、その声の端々からにじみ出ている柔らかさに、以前よりは鈴弥が幸せなのだろうと窺《うかが》い知れた。

一度は狗神を殺しかけ、比呂に大怪我《けが》を負わせた鈴弥だけれど、ただ淋しかっただけだと分かっているから、比呂は鈴弥を憎めなかった。それに、その瞳を見れば、鈴弥が会えなかった間、比呂のために心を痛めてきたことは十分伝わってくる。

「……珍しく連れ歩いているのか。今回はかなり長いな」

小さな声で、狗神が八咫に言うのが聞こえる。八咫は「そうだっけ？」とはぐらかしたが、

「嫁さん。俺たちも七晩はいるから、昼間にでもうちの鈴と遊んでやっておくれ」

と付け足す声は、優しく聞こえる。鈴弥は思ったより大事にされているのかもしれないと、比呂も嬉《うれ》しくなった。

「再会を楽しむのはまたにして、とにかく初めに、座主《ざす》にご挨拶《あいさつ》に参りましょう」

藤が切り出し、比呂は名残惜しかったけれど、鈴弥と別れた。宴は七晩あるのだから、ゆっくり話す機会はいくらでもあるだろう。

座主とは原初の神のことだろう。挨拶とはなにか分からなかったが、知り合いと会えたことで比呂も少し気持ちに余裕が出た。

狗神に導かれるまま ついていくと、板敷の真ん中に美しい光沢のある白石がはめ込まれた場所に出た。白石は人が並んで三人通れるほどの道になり、ずっと奥まで続いている。さながら石の絨毯《じゅうたん》といったところだ。

「この先に、原初の神がおわします」

そっと藤に耳打ちされ、比呂は緊張を感じた。白石に足を乗せたとたん、周りから音が消え、宴の席や集まっていた神々の姿が霞《かすみ》のように遠ざかった。そして気がつくと、眼の前には、名も知らない二本の巨木が門のように立っていた。巨木の枝と枝の間にはしめ縄が張り渡されており、その向こうが白く、ぼんやりと光っている。

それはなんというのか——言葉では到底、説明のできない不思議な光だった。

狗神と藤が跪《ひざまず》いたので、比呂も慌ててそうする。生きていた頃、祖母がそうしていたように手を合わせ、そっと眼を閉じると、おのずと畏敬の気持ちがこみあげてきた。

ふと、なにか温かなものが、額に触れた気がした。

どうしてか、比呂は子どもの頃、神社の杜《もり》の中で見上げた、木漏《こも》れ日を思い出していた。漏れ出てきた一条の光が、額に射すと温かかった。木々の影が光の中に浮かび上がり、葉の落ちる音さえも聞こえるほどの静謐《せいひつ》。柔らかな土の匂いが、優しくあたりに充満していた。

田舎暮らしの中にあって、それは珍しいことではなかったはずなのに、なぜかすぐそこに神様が佇《たたず》んでいるような気がして、しばし黙って光を見つめたものだ。

あの時と同じ、不思議な、けれど懐かしい畏敬の念に満たされて顔をあげたら、もうそこにはなんの光もなく、いつの間にか比呂は狗神たちと一緒に宴の席に着いていた。

眼の前には美味《おい》しそうな食べ物があり、杯《さかずき》は既に酒で一杯だった。

「原初の神は比呂様を気に入られたようです。ここはこれまで我々に与えられた席の中では、もっとも階位の高い上座ですよ」

藤が、狗神の杯に酌をしながら頬《ほお》を染め、どこか興奮した声で喋《しゃべ》っていた。綿雪のような耳をピンと立たせ、白い尾をゆらゆらと揺らしている。こんなふうに喜びを露《あら》わにしている藤は初めて見るので、比呂は驚いてしまった。

「藤、原初の神様への挨拶って、さっきの一瞬？　あの光がそうなの？」

「ええ。原初の神のお姿は、私たち下々の存在には見えぬのです。それより比呂様、ご立派です。比呂様の魂の清らかさと、旦那様の神気のご威光が認められ、我々の席は紫紺《しこん》の座です。千歳《ちとせ》ばかりでこの座とは、藤は鼻が高うございます……っ」

いかにも感激した様子で藤が声を震わせたが、狗神はどうでもよさそうにしているし、茜はさっきから「お肉！　お肉！」と騒いで、スズメ頭の女性に肉を取り分けてもらったり、眼の前のお膳に載っている器の蓋《ふた》を全部開けては「お汁！」「菜っぱ！」と騒いだりしていて、上座自体に興奮しているのは藤一人のようだった。

しかし確かに、座布団の色は濃い紫だ。

「藤が喜んでるけど、ここの席ってすごいことなの？」

そっと狗神に訊《き》くと、「たった七晩の位階なぞ」と、狗神は呆《あき》れたような顔をしている。

「どうでもよいことだ。八年に一度座る席がどうでも、大したことではないわ」

「なにを仰《おつしや》られます。これまでは浅葱《あさぎ》座ばかり。それが位階を二つ飛ばして最上席。日本国中に、旦那様のご威光が伝わったというもの」

よく分からない話だが、藤にとっては重要らしいので黙って聞いていると、

「ふん、初めて最上座に座ったからと、浮かれておるのう」

どこからか、低く太い笑い声が聞こえてきた。とたん、狗神が舌打ちし、警戒も露わに耳を立てる。

「先回の宴に来ていたら、大弱りに弱っていた貴様のことだ。下座に着かされたに違いないが、その健気《けなげ》な嫁ごのおかげで、身に過ぎた席に着けたと見える」

声は隣の席からだった。同じく、紫紺の席の者らしい――それは長身の狗神をはるかに超える巨軀《きよく》の男だった。

がっちりとした筋肉質な体に、獣の毛皮の胴着を着けている。よく、昔話に描かれた絵などで猟師が着ているものに似ている。それに袴《はかま》をつけ、スネには脛巾《はばき》を巻いている。顔は厳《いか》つく、もみあげから顎《あご》まで赤茶けた髭で覆われていた。

狗神が小さな声で「頭の悪い熊めが……」と呟《つぶや》いたので、比呂はこの男が、狗神の神域の隣地を支配する熊の神であると気がつき、驚いた。

以前熊の姿で会ったことのある神で、その時も恐ろしかったが、人姿で見ても獰猛《どうもう》そうだ。唯一、頭の上から出ている丸っこい耳と胴着の下から覗《のぞ》いている短い尾だけが、愛嬌《あいきよう》といえば愛嬌だろうか。

見ると、彼の周りには八人の女たちがいる。伴侶が八人いると聞いたことがあったが、どうやら彼女たちがそうらしい。女たちはみな美しかったが、能面のように無表情で、あまり楽しそうな様子ではない。

「原初の神は、頭の中身は問題にせぬらしい。貴様のようなうつけた熊が上座に座れるのだからな」

「死に損ないめが、儂《わし》を怒らせるとあとで痛いめに遭うぞ」

熊の神はゆらりと立ち上がったかと思うと、いきなり、比呂のすぐ近くに腰を下ろしてきた。

「あの時は思わなんだが、よく見れば愛《う》いのう。どうだ、狗など捨てて、儂のところへ来い」

いきなり顎をとられ、比呂は恐怖に体を縮めた。八咫の神に騙され、熊の神の元へ連れて行かれた時もとてつもなく恐ろしかった。狗神と違い、熊の神には比呂の言葉を聞いてくれそうな雰囲気がないのだ。恐怖が、知らず知らず腹の奥へ蘇《よみがえ》ってくる。

けれどすぐに、狗神が比呂の肩を抱き寄せ、自分の膝の上に引っ張り込んでくれたので、比呂は思わず、安堵《あんど》してしまった。

男として、男の膝に抱かれて安心するのは情けないけれど、相手は人間ではない。熊の神はやはり恐ろしい存在だ。それでも、狗神の腕は力強く、背中に感じる胸は分厚くて、なにがあっても守ってくれるという気持ちにさせられる。

「失せろ、熊。汚い手で私の伴侶に触れるな。いいか、これになにかしてみろ、次は八つ裂きにしてやる」

狗神の声に唸るような音が混ざった。金色の眼にも獰猛な光が宿り、周囲の神々がこちらに視線を向けてくるのが、比呂にも分かった。

「貴様の目玉を抉《えぐ》り出し、臓腑《ぞうふ》を腹から引きずり出し、心臓を潰《つぶ》してカラスどもに食わせてやる。思いつく限りの残酷な方法で、貴様の眷属《けんぞく》も殺してやるぞ」

低い恫喝《どうかつ》に、比呂でさえ背筋に悪寒《おかん》が走った。けれど言われた熊の神は、興が醒めたように小さく口の端で嗤《わら》った。

「……かわり身の伴侶を持つと、そうまで愚かになるものか。ふん、憐《あわ》れな狗め。人の子一人のために乱れるなぞ。そんな様子ではその伴侶を喪った後、貴様、青月《あおつき》のようになるに違いないの。かつて紫紺にいた青狗も、今は薄黒の座だ」

（あおつき？　それって、あのカエルも言ってた、神様の名前？）

ここに来てからも何度か聞いた名前を耳にして、比呂は眼をしばたたく。なぜこうまでその青月が話題になるのかと狗神を見上げると、狗神は眉を寄せ、膝の上に乗せた比呂を抱く腕に、さらに力をこめてきた。

「酒がまずくなるわ。去れ」

「言われずとも去《い》ぬるわ。儂とて貴様の顔なぞ肴《さかな》にしとうない」

熊の神は鼻息も荒く吐き出し、立ち上がった。ちらりと比呂を見ると、愛想笑いのような野卑な笑みを残し、去っていく。

「この地で争いごとは禁じられております。冷静に、旦那様。上座の神がことを荒立てるなど、恥さらしもいいところでしょう」

藤に言われた狗神が、不機嫌そうにそれを無視している。見ると熊の神が怖かったらしい、茜も狗神の腰のあたりに抱きついて震えていた。

「狗神、放して。茜、おいで」

熊の神がいなくなり、恐怖心が和らいだので言ったが、狗神は完全には放してくれなかった。膝からは下ろしてくれたものの、腰に腕を巻かれたままだ。仕方なく比呂は狗神にくっついて、茜を自分のそばに座らせた。

「お肉いっぱいあるぞ。ほら、茜の好きな牛乳も」

比呂が食べ物で気を逸《そ》らし、やっと茜は安心したらしい。けれどやはり不安なのか、茜は比呂の膝や藤の肩、狗神の背中など、どこかしら大人たちにぺたぺたとくっついたまま食事をする。

「お前、ぴりぴりすんなよ。茜がよけい、怯《おび》えるだろ」

比呂が小声で言うと、

「誰のために私が怒っているのか、分からんのか。お前は鈍すぎる」

と、狗神が低く唸った。

なにが？　と比呂は思ったが、聞きだしてもまた口論になりそうで、それ以上は追及しないことにした。

それからしばらくの間、宴はゆったりと過ぎていった。

女たちの優美な踊りを見たり、食べ物に舌鼓を打っているだけでも楽しい。

やがてどこから現れたのか、

「やあやあ。いい席をもらったなあ。俺など日頃の行いが悪いからと鬱金座《うこん》だ。おかげで周りはゲテモノぞろいだぞ」

と、八咫の神が鈴弥を連れてやって来た。見ると、鈴弥はちゃんと八咫に手をつないでもらっている。それを見て、比呂は嬉しくなった。

「鬱金座の者がここに来るなど、厚かましい」

藤が軽蔑《けいべつ》するように言っても、八咫は聞いていない。さっさと同じ円座に入り、藤をおだてだす。

「紫紺座にえらくご満悦のようだなあ、藤。やっぱり酒は美人の顔を肴にするに限る」

鈴弥が近くに来たので、比呂は思わず「藤、俺も二人と一緒がいい」と取りなした。

「狗神も。いいだろ？　俺、鈴弥と話したい」

小声でお願いすると、狗神は折れてくれた。「鈴弥と」と言ったのが効いたらしい。同じ人間、同じ伴侶同士で、八咫の神や熊の神々と違い、鈴弥は危険が少ないせいもあるのかもしれない。

「その服、似合ってるな。俺も洋服で来たらよかったかな」

と、比呂は昔の同級生に会ったような気持ちで話しかける。

鈴弥がどこかはにかんだように、

「東京《とうきょう》に行った時に買ってもらって……」

と、話し出した時、なにやら「狗神様」「東山道《とうさんどう》の大楠《おおくす》様」と呼ぶ声があっちこっちから聞こえてきた。

顔をあげると、ついさっき八咫の神が歩いてきた道を伝って、大勢の神々が集まり、狗神に挨拶に来た様子だった。

「ああ、まったく。八咫の神。あなた、勝手に道をつけましたね。でなければ、下位の神々がこんなところまで来られますか」

「いいじゃないか、格下の神どもは今をときめく狗神様に覚えてほしいんだ。俺だって神気だけなら、ここに座れるはずなんだぞ」

藤の小言に、八咫がそう返している。神々は、どうも下座から来ているらしい。多くのものが動物頭の下級な神だ。彼らは手に手に酒を持ち、狗神の杯に酌をしていく。狗神はうるさそうに、けれど一応渋々とそれに応えていたが、比呂の腰に回した手には一層力をこめてきた。

「月白《つきしろ》様のお名前は聞こえております。素晴らしいご伴侶を持たれたと」

「こちらが例の……かわり身の……なんと美しいご伴侶か」

挨拶をしてくる神々が、必ず自分について一言触れていき、しかも妙に熱っぽい視線を送ってくるので、比呂は戸惑った。

しかも誰も彼もが、平凡な比呂の容姿を見て、美しいと褒《ほ》めそやし、眼が合うと恥ずかしそうにしている。

「神様ってみんな、眼が悪いのか？　それとも狗神の伴侶だから、お世辞かな？」

こっそりと鈴弥に訊くと、「相変わらずなにも知らないな」と呆れた顔をされた。

「お前は今や、すべての神々の憧《あこが》れなんだよ。なにしろ、一度はかわり身になった伴侶なんだ」

それは自分のせいだけど、と鈴弥は申し訳なさそうな顔をした。

「神々にとって男女の性別は無意味なように、彼らにとっての美醜は、魂の清らかさ。それでいったら比呂は、人間にとって異形の存在の神を、心から愛してる。この座で一番の美人ってことだよ」

「……は、はあ？」

比呂と違って三百年、神の伴侶として生きている鈴弥はこの世界のことにも詳しいが、それでもこの説明は呑み込めなかった。

「気をつけな。オレ、ここのところずっと、八咫とあちこちの神の家に逗留《とうりゅう》してたけど、どこでもかしこでも、お前の話で持ちきりだった。神々はみんなお前をほしがってる」

「なんで？　意味が分かんない」

「熊の神を見てみろよ。八人の伴侶がいても、誰もかわり身になってくれるほど、愛してくれる相手はいない。人間に愛されると、神気は格段に強くなる。この上座は力のある者しか座れない。狗神以外は、みんな二千年以上生きてる年嵩《としかさ》の神ばかりだ」

比呂は驚き、周りを見渡した。

「こ、古墳時代より前ってこと？」

「千歳なんて神様の中じゃ若造だよ。その狗神をここに座らせてるのはお前の存在が大きいからで、だから藤も上機嫌なんだ。みんな、羨《うらや》ましくて仕方ないんだよ。お前は狗神だから愛したんだろうけど、神からしてみれば、比呂を奪えば自分も愛してもらえると思うものだから」

鈴弥にそう教えられても、比呂にはピンとこない。

けれど狗神が苛立《いらだ》っている理由だけは分かった。言ってみればヤキモチだろう。けれど狗神は年中なにかしらに妬《や》いているので、あまり珍しいことではないと、比呂は思う。

やがて何人目かの神の一人が、狗神だけではなく比呂にも話しかけてきた。

「ご伴侶様は、なんとお美しい。ぜひ一度ご挨拶を……私めは安芸《あき》の国の狐の神でして」

比呂に向かって頭を下げた男には、油揚げの色に似た、狐の耳と尻尾があり、狼《おおかみ》と似ている。

「こんにちは。もしかして、狼と狐の神って親戚ですか？」

ふと、狐の神なら他の狼の神も知っているのでは、と思い訊《たず》ねたのだが、その瞬間腰に回っていた狗神の腕に抱き上げられ、膝の上に引きずり込まれた。そのうえ狗神は大人げなく、大きな尻尾を床にダン、と打ち付ける。とたん、あたりの空気がビリビリと振動した。

「去れ！　私の伴侶に勝手に話しかけるな！」

怒鳴られた狐の神は青ざめ、悲鳴まじりの謝罪とともに去っていく。後ろにまだまだ列をなしていた他の神々も、その様子を見て震え上がり、「明日また、ご挨拶に」などと言って、蜘《く》蛛《も》の子を散らすように引き返していった。

「お前、なんだよ、大人げないなっ」

せっかく、狗神の眷属の情報が得られるかも、と思ったのに。

比呂は思わず狗神を睨んだが、それより数倍鋭い眼差しで睨み返される。

「うるさい、私の許可なく誰とも口をきくな！　そこの鴉とも喋るな！」

強い怒りのせいだろう、狗神は尾も耳も、毛を逆立たせている。

「ええ？　俺はもうお前の嫁さんを狙《ねら》っちゃないぞ？　俺は憐れな神だ。一人連れ歩くだけで手一杯だからな。鈴以外は要らんよ」

面白がるような八咫の神の言葉に、隣の鈴弥が小さく赤らんだのを見て、比呂はつい和んだ。

「お前よかったな、大事にされてるんだ」

狗神の膝の上から身を乗り出して耳打ちすると「そんなんじゃないよ」と鈴弥は呟いた。けれど頭に血の上った狗神はそんなことにも気づいていないらしく、八咫に冷たい一瞥《いちべつ》を投げる。

「私はまだ貴様を許してはおらんぞ、クソ鴉。比呂が鈴弥を好いているから許してやっているだけだ、人間の友人が他におらんからな。そうでなければ貴様こそ八つ裂きにしてくれるわ」

「おお、くわばらくわばら」

八咫の神は相変わらず、まったく怖いとは思っていない様子で肩を竦めている。

それにしても、以前はひねくれ、表面上は飄々《ひょうひょう》として憎らしかった鈴弥のほうは、会わない間にずいぶん変わった。気がつくと、比呂のことを見つめる眼は心底から心配そうで、その表情も優しかった。

「比呂、お前、自分で気をつけなきゃ。いくら話しかけられても、狗神の言うとおり、ここでは家族以外とは関わらないほうがいい。お前はただでさえ、お人好しなんだから……八咫は、悪さしないようにオレが見張っておくけど」

小声でそう言ってきた鈴弥に、比呂は眼をしばたたく。なにをそこまで心配されているのだろう、と思ったし、八咫の神のことまで疑っているのかと、逆に心配になった。

「八咫はもう、俺になにかすることはないだろ？　お前の伴侶なんだから」

「……オレたち、まだお前と狗神みたいに信頼しあえてるわけじゃない。あんなこと言ってるけど、八咫だってオレよりお前がいいだろうし」

ぽつぽつと言う鈴弥に、比呂は慌てた。

そんなことはない、以前、八咫が比呂を拐かしたのも本当は鈴弥を助けるためだったのだ、と言いたかったが、なんとなくそこまで口出しするのも気がひけてしまい、黙る。

（なんだ、まだ気持ちが通じ合ってるわけじゃないのか。……でもまあ、一緒にはいるんだし）

互いに好き合っているようではあるから、そのうち問題も解決されるだろう、と比呂は思うことにした。同じ人間、同じ神の伴侶同士だからこそ、鈴弥には幸せになってほしい。

その時、それに、と鈴弥がますます小声で付け足した。

「ここだけの話、宴には一人、危ないやつも紛れ込んでる。長い間来なかったのに、今回はなぜか参加してるんだ。きっと、なにか目的があるんだと思う」

「ふうん……？」

なんだか分からない話なので、比呂はぼんやりと聞いてしまう。

「旅の間に、何度も耳にしたんだ。西のほうで、おかしなことが起こってる。そいつは、狗神と同じ狼の神だ」

「……狼の？」

それは狗神と同種の神ということか。

もしかするとその神は、狗神の眷属のことを知っているかもしれない。

比呂はとたんに興味を持ち、もっと詳しく訊き返そうとした。けれど同時に、「もう戻るぞ」と狗神に言われてしまった。

「義理は十分果たしただろう。部屋に帰り、私は休む」

藤も満足したようで「そうしましょう」と立ち上がっている。必然的に、比呂も立たされてしまい、すると八咫が鈴弥の手をひいて下座のほうへ戻ってしまった。

それを追いかけるわけにもいかず、結局その先を聞き出すことはできなかったが、その分強く、比呂の中には話の印象が残った。

（西の、狼の神……もしかしてその神様が、狗神の眷属のことを預かってたりして？）

そう思う。

部屋に戻る道々、あと六晩ある、と比呂は思った。その六晩のうちに、その神様を見つけることができれば、あるいは——狗神の眷属のことを、知ることができる、と。

五

「あっ、見て見て。狗神《いぬがみ》。これすっげー面白い！　茜《あかね》に買ってやったら喜ぶかな？」

比呂《ひろ》が店の前にしゃがみこんで声をあげても、狗神は眉を寄せてむすっとしていた。さっきからずっと、苛立った顔であさってのほうを睨んでいる。そんな狗神に、比呂は呆れて肩を落とした。

比呂の手の中には、小さな丸い玉がある。薄張りの硝子《ガラス》でできたような玉は真ん中からきれいに割れるようになっており、開けると中には小さな野原が広がっていて、蝶やトンボなどが飛び出してくる。一度閉じるとその幻は消えるが、また開けると、出てくるムシの種類が変わっている。買ってやれば茜が喜ぶと思うのに、狗神は興味もないようだった。

「おい。見てってば。これ。茜が好きそうだろ？」

立ち上がって無理やり視界に入れると、狗神は不機嫌そうに舌打ちし、懐から砂金の粒を取り出した。

「店主、あしだ。これを包め。さっさとしろ」

「へえへえ、ただいま。あ、旦那様、これはもらいすぎでございます」

「いい。早くしろと言っている！」

怒鳴る狗神に、うつぼ頭の店主が恐れ戦《おのの》き、比呂が持っていたオモチャを包んでくれた。比呂はそんな狗神に、こっそりため息をついた。

最初の晩の宴が終わって翌日、することもなく暇なのを理由に、比呂は外の店を覗きたいと狗神に頼んだ。あわよくば狗神と同じ狼姿の神に会えないか、と思ったのが本音だが、そんなことを言えば狗神は絶対に連れ出してくれないと踏み、比呂は『デートがしたい』と駄々をこねたのだ。

藤《ふじ》がついてくると監視が二倍になるし、茜がいると比呂の気が散ってしまうので、二人きりになれるようわざとそう言った。いくらなんでも、一人で歩かせてくれるわけはなかったので苦肉の策だ。

最初は渋っていた狗神だが、何度もお願いするうちにようやく聞いてくれた。けれど、部屋を出てから、参道を歩いている間も、狗神はずっとイライラしている。

その原因はたぶん、道のあちこちから比呂に向かって投げられる視線や、ひそひそ声にある。

「見ろ、月白様のご伴侶だぞ。噂《うわさ》通りの美しさだ」

「ああ、なんと香ばしい魂の匂いだ。あれがかわり身になる人間か……」

「抱いたらさぞや良い心地がするだろう」

狗神はとうとう喉《のど》の奥でグルルルル、と獣のような唸り声をあげ、不躾《ぶしつけ》な神々を睨みつける。すると睨まれた神々がこそこそと去っていく。さっきからずっとこの調子だった。

(俺は慣れたから、いいのにさあ……)

美しいだの抱きたいだのと言われても、それは彼らが比呂自身をそう思っているのではなく、「かわり身になれる人間」だから思っているだけのことだ。それなら気にすることでもない、と比呂は割り切っていたが、狗神はそうもいかないらしい。

参道に並ぶ店の商品は様々だが、人間の世では見たことのない不思議なものやきれいなものが多くて、面白い。もっとゆっくり見たいし、店主に狼の神が訪れていないか訊きたいのだが、機嫌の悪い狗神のせいでそれもできずに比呂はちょっとガッカリしていた。

「さ、さ。ご伴侶様。こちらお包みしました。おあしを多くいただきましたから、ちょっとしたおまけもおつけしましたよ」

うつぼ頭の店主に、比呂はお礼を言った。すぐさま狗神に急かされ、ろくな会話もできずに軒下から出る。

「もういいだろう。部屋に帰るぞ」

そのとたん、そう言い出す狗神に比呂はつい本気で膨《ふく》れてしまった。

「部屋に戻ってなにすんだよ。宴までまだ時間あるだろ。ずっと寝とけって言うのか?」

「暇ならば睦《むつ》み合っていればいいだろう!」

むちゃくちゃな言い分だ。比呂は呆れかえり、胡乱《うろん》な眼で狗神を睨みつけた。

狗神が不機嫌なのは、神々が比呂を見ていくせいもあるが、昨夜の宴の後、比呂が狗神を拒んだせいもある。疲れていたし、茜と藤と寝室も近かったので、いつものように長時間抱かれては困ると思い「今日はしない」と言ってケンカになった。

最終的には比呂の疲れを慮《おもんぱか》って折れてくれた狗神だが、朝からずっと昨夜のことを引きずって、宴の前に睦み合おうとばかりする。

(でも屋敷にいる時だって、下手したら一日中ヤってる日もあるのに、なんで外でまでそんなことしなきゃなんないんだよ!?)

と、比呂は思う。

狗神に抱かれるのは気持ちがいいし、愛され慣れた体はほんのちょっとの刺激で甘く崩される。だから比呂だって、抱かれるのは嫌いじゃない。それに、狼の情交が長く深いものだとも知っているけれど、それにしても、もっと他のコミュニケーションだって取りたい。

(こういうデート? だって、大事だろ)

それこそ、たまのことなのだから。

眷属捜しが一番の目的だが、それはそれとして狗神との初めての遠出も、比呂にとっては楽しみだったし、こうして散策に誘ったのも、半分はデート気分がある。なんだかんだ言っても、まだ新婚気分だし、比呂だって狗神のことが好きだからこそ、そう思う。

（恋人期間もなにもなかったんだしさあ……好きな相手と、普通に恋人っぽいことしたいって思うのは、男同士でも普通だろ）

「お前の頭の中、ヤることしかないのかよ」

なんだかむくれて、そんな憎まれ口を叩《たた》いてしまう。

「伴侶だぞ。睦み合いのなにが悪い」

「うちには小さい子どももいるんだから、考えろよ」

「茜だとて神狼だ。年頃になり、相手を見つければ私と大差なくなる」

「げっ、やめろよ。茜はいい子なんだから、お前みたいなエロい大人にはならない！」

「えろ、えろい？　偉いの聞き間違いか」

「すけべだってことだよ、バカ」

「バカ？　助平とはなんだ！　大体、比呂、貴様は藤と茜に甘いぞ。私にはすぐに楯突《たて》くくせに、裏ではあいつらとべたべたべたべた……」

なにに妬いているのだか、意味が分からない。いつもどおりの言い争いをしているうちに参道をはずれていたらしく、不意に眼の前に青い海が広がった。それがあまりに美しかったので、比呂は「わ……っ」と感嘆の声をあげていた。

ケンカしていたのも忘れ、松林を抜けて真っ白な浜へ下りる。

そこは静かな海だった。

海――ではないのかもしれない。波はなく、透明な水は青空を映して翡翠《ひすい》色に輝き、遠い水平線で白々と天に交わっていた。

「きれい……」

あの世というものがあるのなら、こんな色かもしれない。そう思えるほどの美しさだった。

思わず呟きをこぼすと、隣に狗神が立った。

「あの水平線の向こうは、冥府《めいふ》につながっている……日本国の民人は、死ぬ時にこの水の上を渡って行くのだ」

ふと小さな声で言う狗神に、比呂は顔をあげた。頭の隅にかかったのは、とうに死んでしまった祖母のことだった。この美しい水の上を、祖母も通っていったのだろうか。

見送ることもできなかった祖母を想うと、まだ胸が痛む。

「こんなきれいな場所を通っていけたなら、ばあちゃんも嬉しかったかな」

ぽつんと呟いてから、急にこみ上げてきた罪悪感に、鼻の奥がツンと痺《しび》れて、比呂は唇を噛《か》んだ。

ばあちゃん、ごめんな、という気持ちが湧《わ》いてくる。死ぬ間際に、比呂が祖母のそばにいられなかったのは、狗神の伴侶として連れ去られていたからだ。そのことはしこりのように、今でも比呂にとって苦い後悔となっている。

――きれいなところを通って逝《い》けたのだから、祖母は幸せだったはずだ。

そう思うのは比呂の勝手であり、そうすることで罪悪感を減らしたいだけの、悪あがきのような気もした。

うつむいていると、狗神の手が比呂の頭に乗り、撫《な》でてくれた。

「すまない。私には、こんなことをお前に言える資格はないが……お前の祖母は幸せに逝けたはずだと、思って生きてほしい。私のために……」

もう一度、すまない、と小さな声で付け加えられ、比呂は頭を横に振った。

比呂が祖母を看とれなかったのは、狗神の伴侶として捕らえられていたからで、祖母のことでいつまでも自分が悲しんでいれば狗神も傷つく。

当時、力を失いかけていた狗神は心も平静ではなく、そこまで気が回らなかったのだと、言い訳されたわけではないが、分かっている。

だから比呂は涙を呑み込み、ニッコリと笑って顔をあげた。

「なあ、ちょっとここ、座っていこ。気持ちいいし……お前と海見るのなんて、初めてだし」

狗神は今度はおとなしく、比呂の提案に乗ってくれた。並んで座り、言葉もなく水平線を眺めていると、遠くを白い鳥が飛んでいく。爽《さわ》やかな風が比呂の頬を撫で、砂浜に咲いたひるがおが、薄紫の花弁を揺らしている。

「狗神さ、やっぱり眷属たちを迎えに行こうとは思わない？　お前のこと、待ってるやつらもいるかもしれないよ」

見上げると狗神も穏やかな顔をしていたから、今なら訊いても大丈夫な気がして、比呂はできるだけゆっくりと、怒らせないように訊ねた。狗神は眉を寄せ、しばらくの間黙り込んでいた。耳を伏せ、なにか考え事をしているように、膝の上で尾を一度揺らす。

「……お前は家族思いだ。そう考える気持ちは分かる。分かるが、私は……手放した時の痛みを知っているのだ。だから、そう簡単にはいかない」

「また手放す時が来るって、怖いのか？　それなら、お前の神社が壊されることはもうないよ。俺だってそばにいるし……」

「神が死ねばどうなるか、知っているか？」

ふと訊かれ、比呂は口をつぐんだ。知らなかった。人が死ねば冥府へ行くと聞いているが、神が死んだらどうなるのか、よくは知らない。

「神体が壊されれば神は死ぬ。私にとっては大楠だ。死ねば、神もほとんどの場合は、人間と同じようにこの海を渡って冥府へ行くのだ。それが辛いなら、原初の神の眷属としてこの島に残ることもできる」

参道の店主や御遣いたちは、みなそうした死に損ねた神々の魂だと教えられ、比呂は驚いた。ヒキガエルの千如《せんによ》も、かつては神社と神域を持つ神だったと。

「じゃあ神体が壊されて、死んじゃったんだ。……かわいそうなんだな」

「本人たちはそう思っていまい。原初の神の眷属だ。普通の神よりも神格は高く、この地にいれば清浄な神気に常に満たされて、幸せだろう。最も不幸なのは、冥府にいくこともできず、死ぬこともできない祟《たた》り神だ」

「……祟り神？　祟りって、あの、呪《のろ》いとか怨念《おんねん》とかの、祟り？」

そういう言葉は、比呂にもなじみがある。小さな頃、神様を怒らせれば祟られるよと言われて育った。怒りに満ちた荒々しい神のイメージが、なんとなく言葉からも伝わってくる。

「普通、私たち神は、人間の愛情や信じる気持ちで神気を養う。だが祟り神は人間との絆《きずな》を断ち切った姿だ。自ら、人を愛することをやめ、そうして、人を傷つける」

「傷つけるって……怪我をさせたり？」

「天罰という言葉があるだろう。たとえば、私たち神は、人間から先に傷つけられたり、約束を破られた場合は傷つけ返しても構わないことになっている。だが、なんの罪も悪意もない相手に、一方的に神の力を振るった時は違う。祟り神となって堕《お》ち、死ねなくなる」

「……死ねなくなるって」

「正確には、もう死んでいるのだ。人から信じられなくなっても生きていける状態だ。神とは、人を慈しむ心があるから、人の心から力をもらえる」

聞きながら、比呂は神様とは、なんと繊細な生き物だろう、と思った。

(眼に見えない愛情が、命の『核』だなんてさ……)

狗神は「お前と初めて会った頃……私も祟り神に堕ちかけていた」と、続けた。

その頃の狗神のことを、比呂も思い出す。人間に裏切られ、人を憎みかけていた狗神だったから、あのまま愛情を取り戻さなければ、確かに祟り神になっていた可能性はある。

「原初の神は、祟り神の魂を受け入れない。祟り神に堕ちた神は、冥府への道を閉ざされ、現世をうつろうしかない……心をなくし、誰も愛さなくなってもな」

死にたいなら殺されるしかないが、そうなっても魂もろとも消え去り、穏やかな死は望めないのだと、狗神は付け足した。

「もしもお前が……」

と、狗神は呟いた。

「お前が、人間のせいで死ぬようなことがあったら、私は祟り神になるかもしれない。怒り狂い、人間を殺すかもしれない。……なにかを強く愛するというのはそういうことだ」

言われた言葉が重たくて、比呂は一瞬息を詰めた。

狗神の愛情の重さが、厭《いと》わしいわけではなかった。同じくらいの強さで狗神を想っている。けれどこの純粋な神が、自分を失えばどうなるのかと考えるたび、怖くなる。

「それでも……茜や藤や……眷属がいたら、家族がいたら、そうならないでいられるだろ……？」

気がつくと、どこかそれを願うような気持ちで、訊いていた。

狗神は比呂を家族思いだと言うが、狗神も同じだと、比呂は知っていた。だからこそ、眷属を捜したいのだ。家族をいくら増やしたところで、自分の代わりになるとは思っていない。比呂にとって死んだ父や祖母の代わりがいないように、狗神にとっての自分も同じだと、さすがにそのくらいのことは分かっている。

けれどせめて家族がいれば、自分がいなくなった時、狗神を今の狗神のまま繋《つな》ぎ止めてくれる、そういう枷《かせ》になってくれると信じたかった。

そうでなければ――。

(狗神の不安をなくすことは、結局ずっと、できないじゃないか)

そして不安が消せないままなら、狗神が幸せだと、比呂は信じられない……。

「……お前がそうやって、自分がいなくなることを前提に話すのが気に入らぬ」

小さな声で狗神が言い、けれど比呂はそれにどう答えたものか分からなかった。

いつまでもそばにいる、俺はいなくならない。そんなふうに言葉を尽くしたところで、狗神も比呂も、それを心から信じられるわけではないからだ。

(だって現に俺は一度、死にかけたんだから……)

狗神のかわりに、黄泉路《よみじ》を下りかけた時、比呂に後悔はなかったし、むしろこれで狗神が生きていけると思ってホッとしたくらいだった。また同じようなことがあっても、自分はきっと喜んで狗神のかわりに死んでいくだろう。

そして長い長い年月の途上で、また同じことがないとは、誰にも言い切れない。未来は神にさえ、予測できないのだ。

（俺以外にも、狗神に伴侶がいたら良かったのかなあ……）

たとえば八人も妻を持つ熊の神のように。

けれど生きている間はやはり、狗神の愛情を他の人に注いでほしくはない。比呂にだって嫉《しっ》妬《と》心《しん》くらいある。そんな自分も結構勝手だと、比呂は思う。

自分を失っても、狗神には幸せでいてほしいと思いながら、狗神の愛情を独占していたい自分がいる。

愛とは欲深いものなのだろうか。与えながら、奪ってもいく。

愛しているから狗神のために死んでもいいのだという比呂と、愛しているから、比呂に死ぬことは許さないという狗神と。

根っこの気持ちは同じ愛情なのに、分かり合えない溝があり、互いを傷つけている。

これほど想い合い、相手の気持ちを理解していても、結局はどこかで交われないままだから、人と神であっても、口づけたり体を重ねたりするのだろうか。互いの溝の淋しさを、埋めるために。

比呂は隣に座っている狗神の、逞《たくま》しい肩にこつん、とこめかみを乗せた。どうした、と言って、狗神がふさふさの長い尾で、比呂の背中を優しく撫でてくれる。うん、と比呂は小さく頷いた。

「……やっぱり、部屋帰って、仲良くする?」

精一杯の誘い文句だった。同時に、今二人の間に横たわっている問題を、うやむやにしてしまう言葉でもある。

狗神と自分の不安を掘り下げて話し合うこともできるけれど、今の比呂は、そうすることより、抱き合うことがしたくなった。眼を逸らしているだけかもしれない。誤魔化しているだけかもしれないと思いながら、同時にそうやって、痛みを宥《なだ》めすかし埋め合うことも、ともに人生を歩んでいる者同士だけに許される、労りの一つにも思える。

それは言葉で言うなら、優しみとでも言うのだろうか。

問題の核心を嘘と愛とでくるんで、不安をやり過ごしている。

ずるいとも思えるけれど、近くにいすぎるからこそ必要な思いやりでもあるような、そんな気がする。

やがて狗神の腕が比呂の腰に回り、口づけが髪に落ちてくる。

「いいのなら……私はすぐにでも、お前に入れたい。宴の前に、お前の中へ……私の印を注いでおきたいのだ」

誰も、お前を連れて行かぬように、と、狗神は耳を甘くくすぐる低い声で付け加え、比呂は小さく笑ってしまう。

（それが心配で、しつこく誘ってたんだ……）

そんな狗神の心配を、少し可愛く感じる。

俺を連れて行くのなんて、お前だけだよと返そうか迷って、結局なにも言わずに比呂は体から力を抜いた。抱き上げられたと思うと、すぐに唇が寄せられ、重ねられた。眼を閉じて口づけを受け入れる。

次に眼を開いた時には、いつの間にかもう部屋にいて、扉は閉められ、比呂は柔らかな布団の上に寝かされていた。

狗神の尾が器用に動き、比呂の着物を脱がしていく。筆先のような毛で、乳首を転がされ、比呂は「ん……」と鼻にかかった声をあげた。

耳を嚙《かじ》られ、口の中に舌を差し込まれて、激しく口づけられただけで、背筋がぞくぞくと震える。

「もう湿っているぞ……」

着物の裾《すそ》を割った狗神に、からかうように言われた。

股《また》の間で比呂の性器は勃《た》ちあがり、簡易な褌《ふんどし》の布を押し上げて湿らせていた。今では和装が普通なのでようやく慣れてきたとはいえ、初めの頃はこの姿を見られることが恥ずかしかった。今でもはだけられると羞恥《しゅうち》を感じて、無意識に内股をもじもじと擦《す》り合わせてしまう。

すると後ろで、尻《しり》の割れ目に食い込んだ布が擦《こす》れ、比呂は一人で感じてしまった。

「あ……っ」

狗神は眼を細め、布の上から比呂の性器を擦った。乱暴に擦られると、後ろの食い込みがきつくなり、後孔の入り口がひくひくと震える。

「あ、や、やだ、狗神……あっ」

「下衆《げす》な神どもに、お前のこの愛らしい姿を見せてやったら……どう反応するだろうな」

耳元で意地の悪いことを言い、狗神が興奮した吐息をつく。後ろの立て回しの間から、狗神の尾が比呂の尻の割れ目に入り込んできて、後孔を樹液で濡《ぬ》らし始める。

「あ……っ、んっ」

抱かれることに慣れた体はすぐにほころび、比呂はうつぶせにされると、もう耐えきれなくて自ら腰を高くあげていた。狗神の尾は入り口を湿すだけだ。性器を揉《も》みしだかれ、乳首を尾で撫でられ続けた比呂の中は疼《うず》いて、もっと強い刺激をほしがってひくついている。

「狗神……もう、入れて……」

早く、とかすれた声で懇願する。ぐっしょりと濡れた褌を取り払われ、尻たぶを持ち上げられて、緩んだ下の口を広げられる。その動きにさえ感じて、比呂はびくん、と肩を揺らした。

「入れてほしいか？　……ここに。私のものを、比呂」

ほんの時々だが、狗神はこんなふうにわざと、焦《じ》らす日がある。

長い間不機嫌だったような時、比呂が自分のものだと確認したい時、そして――心にある不安を、誤魔化したい時にも。

けれどその誘いを最初にかけたのは自分だと、比呂も分かっている。

……お前がそうやって、自分がいなくなることを前提に話すのが気に入らぬ。

そう言った狗神に、「でも俺は、死ぬことだってある」とは、言えなかった。

——俺を伴侶にしたから、お前は、幸せじゃないのかも。お前が、俺を失うことをずっと、怖がってるから。

とも、言えなかった。

言う勇気がなかった。だから本当は、一番不安を誤魔化したいのは自分なのかもしれない。

「うん……入れて。入れてほしい。入れて、お前の、いっぱい出して」

真っ赤になりながら、比呂は言う。言いながら、はしたない後孔がひくひくとうごめくのを感じた。

太く熱いものが、熟した中へ差し込まれたのは次の瞬間だった。比呂は甲高い声をあげて、後ろを締め上げる。

「あっ、あ、あ、ん、あっ、あー……っ」

突き上げと一緒に、比呂の前から我慢しきれず蜜《みつ》がこぼれる。

「比呂、お前が愛しい。私は、お前が愛しいのだ」

覆い被さる狗神の、荒い息が耳もとで聞こえ、肌と肌のぶつかる音が部屋の中に響いている。

呪文《じゅもん》のように愛しい、愛しいと繰り返され、そのたびに比呂の中が痙攣《けいれん》する。

「お前が死ぬ時、私も死ぬ……」

だからずっと、そばにいろ、と、狗神が言った。その声が泣いているように聞こえる。一際強く揺さぶられ、比呂は自らもガクガクと腰を上下させながら、達した。狗神の熱い精が腹の中で弾けたのは、その直後だ。

布団の上に崩れると、狗神もそのまま比呂の背中を抱きしめて、落ちてきた。

比呂の体は快感に打ち震え、眼にはあまりに深い愉悦のせいで、涙が浮かんでくる。顎をとられ、口づけられて眼を閉じると、睫毛《まつげ》に溜《た》まっていた涙が頬を転がる。

狗神の口づけからは、やはり青い森の匂いがした。それは幼い頃に遊んだ神社の境内《けいだい》。大楠の枝から香る、緑の香りと同じだった。

その日の夜の宴では、狗神に挨拶に来る神はいなくなってしまった。

鈴弥を連れてまたしても座に割り込んできた八咫の神が、「道をつけなかったから」らしい。下座にいて神気の弱い神々が昨晩狗神のところまで来られたのは、神気の強さだけなら紫紺座まで上ってこられる八咫が、目印をつけてやったからだという。

「次、道をつければここには座らせん」

と狗神に言われて、八咫は目印を残さなかったようだ。おかげで鈴弥とは喋れたが、狼の神については情報を得られず、比呂は内心焦っていた。

（どうしよ……参道を歩いてた時に、もっとしっかり見ておくんだったかな。もしかしたら、狼の神とすれ違ってたかも）

一人ため息をついてももう遅い。情に流されて、狗神と睦み合うため、さっさと部屋に戻ってしまったのは自分なのだ。

そして今も、狗神の腕はがっちりと比呂の腰に回されていて、もちろんだが一人で席を立って宴席を見て回るわけにもいかない。

このままどんどん時が経てば、結局なんの収穫もないまま屋敷に帰ることになる。

「おい、あれ、青月じゃないか？」

と、その時、鈴弥を挟んで比呂の左に座していた八咫の神が、ニヤニヤと面白そうな顔で、宴席の中央部を指した。

顔をあげると、月明かりと花霞の向こうを横切って行く影がうっすらと見えた。

「西海道《せいかいどう》の青月だ」

「来ていたのは本当だったか」

「見てみろ、あの姿……噂通りだ。闇に染まりかけておるぞ」

神々の噂する声がひっそりと流れてくる。比呂は眼をこらして、中央を歩いて行く影を見ようとした。狗神と同じくらい背が高く、長い髪を垂らした男だ——頭には、狗神と似た形の狗耳が並び、尻から十二本もの尾が揺れていた。

（……狗神と似た耳と尾……もしかして、狼の神……⁉）

思わず息を呑み、比呂は飛び出して行きたい気持ちを抑えた。ちらりと狗神を見上げると、眉を寄せ、苦々しげな表情をしている。

「狗神、話しかけないでいいのかい。あいつ、薄黒座を与えられたらしいぞ。生まれた時から紫紺の常連だった神が、憐れなことだなあ。お前さん、一応、交流があったろ」

「あれはもはや、私の知っている者ではない」

からかうように言ってくる八咫に、狗神は言葉少なに撥《は》ねつけた。けれど比呂は八咫に向き直り、「もしかして青月って、狗神と同じ狼の神様？　八咫は知り合いなの？」と訊いた。

「西に行くとよく逗留させてもらったからな。生まれつき恵まれてたから、細かいことは気にしない、いい神だったぞ。なあ、藤」

「……なんにつけ、無関心な方でしたが」

話を振られた藤が、ぽつりと、呟く。その表情がどこか嫌なものを見たあとのように、歪《ゆが》んでいる。

「だが今は、闇堕ちしかけてる。お前の家族も、どうなっていることか。狗神」

「黙れ！」

狗神が乱暴に杯を置いたので、八咫は肩を竦めて黙った。鈴弥がやや慌てた様子で、「狗神様」と頭を下げた。

「オレと八咫はお暇《いとま》します。なので、どうぞ八咫をお許しください」

「なんだなんだ。俺はただ事実を言っただけだろう、鈴」

まるで悪びれた様子のない八咫の腕をとり、鈴弥が急きたてるように立たせる。

「このバカ。青月の話はしないって約束だったろ」

自分の伴侶が狗神を怒らせるのがよほど嫌なのか、鈴弥は八咫の神の手をひいて、座を離れようとしている。けれど比呂は、聞き出すなら今だと狗神を振り返った。

「なあ、もしかして青月って神様のところに、お前の眷属がいるの？　なら、青月って神様と会わせてよ」

狗神は答えず、比呂の言葉など聞こえないようにむっつりと黙り込んでいる。

と、その時周囲がざわめき、比呂は顔をあげた。

「おい、勝手に入ってくるな」

「薄黒の狗は去ね！」

どこからか怒った神々の声が聞こえだすと、八咫の神がおかしそうに眼を細め、鈴弥のほうはハッとしたように眉を寄せた。二人の視線を追いかけて、比呂は驚きに息を止めた。

紫紺座に座る神々の間を縫って――青白い影が、幽霊のように揺らめきながら、近づいてくるところだったのだ。

はっきりと風貌が見えるまでになると、それはとてつもなく美しい、男の神だった。

青銀色の長い髪に、深い暗青色の瞳。鼻筋の通った美しい顔と、男性的な魅力に溢《あふ》れた、逞しい体。竜胆《りんどう》色の着物から、十二本の尾が垂れている。髪の間からは、狗神と同じ形の耳が見えていた。

（狼……狼の神だ）

誰に訊かなくとも、すぐに分かった。驚くほど、狗神に似ている。

もっとも、美しいながらに強い意志と鋭さを感じさせる狗神の瞳と違い、その神の眼はうつろで、生気がない。

そして比呂が気を取られたのは、その美しさ以上に青銀色をした尾と耳、そして長い髪が、まるで先端だけ墨に浸したように黒く染まっていることだった。

「青月じゃないか。やあやあ、誰を捜してるんだ？」

八咫の神が声をかけ、鈴弥がぎょっとしたように自分の伴侶を見た。

「八咫の神！　こちらに呼び込むおつもりか！」

気がつくと、いつの間にか比呂のすぐ横に移動してきていた藤が、八咫を叱責《しっせき》する。茜は青ざめた顔でその藤の腕にぴったりとしがみついており、比呂の腰に回された狗神の腕に、ぐっと力がこめられた。

見れば狗神はいっそ冷たいほどの無表情だった。ただその眼だけは鋭く、射貫くように近づいてくる狼の神――八咫は青月と呼んだ――を見据《みす》えている。

「月白……」

不意に、青月は狗神の座のすぐ前で立ち止まった。声をかけてきた八咫の神のことは振り向きもせずに無視し、青月は他の者など見えないように、生気のない瞳をひたと狗神にだけあてていた。

「……なんの用だ。貴様の座はここではないぞ」

その時狗神が、ごく静かにそう返した。

どちらかというと感情的になりやすい狗神が、はっきり怒るわけではなく、けれど明らかに拒絶をこめた声音で牽制《けんせい》したことが、比呂には意外だった。けれどそれだけに、狗神の警戒の強さが感じられ、その場にはぴりぴりとした異様な緊張感が漂った。笑っているのは、八咫の神だけだ。

やがて青月は、ゆっくりと視線をさまよわせ、狗神の座を見渡した。

「月白……そなたの伴侶はどこだ？　伴侶……そなたの伴侶が来ていると訊いて、私は、ここへ来た。そなたの伴侶に、かわり身の伴侶に、会いに……」

言いながら、青月の眼が一瞬、比呂の視線と交わった。とたんに比呂は緊張して、思わず鼓動を抑えるように、左胸へ手を当てていた。

けれど青月は悲しげに眉を寄せただけで、自信なさげな声で、

「そこにいるのか？　気配はあるのに……月白、隠さず、会わせてくれ」

　と呟いただけだった。

（あれ？　青月には、俺が見えてないの？）

　妙に思っていると、横に座っていた藤にそっと手を握られた。その仕草から、比呂は藤に飛び出していかぬよう、声もたてぬようにと注意されたような気がした。

（でも——待って。この神様、俺に会いに来たって。なんで？　それに狗神の眷属のこと、訊けるかもしれない）

　思わず、比呂は身を乗り出していた。

　けれど青月、と声を出そうとするやいなや、狗神の手に、口を押さえつけられていた。

「去れ、青月。私の伴侶には会わさぬ」

　はっきりと拒まれた瞬間、青月の顔に深い失望が映ったような気がした。まるで小さな子どもが、楽しみにしていたことを取り上げられた後のような……どこか頑是無《がんぜな》いその表情が、比呂はどうしてか気になった。

「青月。無視するなんてひどいじゃないか。オレのことは忘れたか？　ん？」

　膠着《こうちゃく》していた空気を壊したのは、八咫だ。八咫の神は鈴弥の手を握ると、「よし、久しぶりにオレと酒を酌み交わそう」と言って、青月の肩を抱いて行ってしまった。青月は相変わらず覇気のない表情で、引っ張られるまま、ふらふらと紫紺座から消えていく。

「やれやれ、落ちぶれた神めが、紫紺を穢《けが》しおって……」

「見たか、あの醜い姿を。もはや神とは呼べぬ。宴になど、来てくれぬほうがいい」

それまで事態を見守り、静まりかえっていた周りの神々から、そんな声があがる。

隣の藤が緊張を抜くように息をつく。見ると、藤の膝の上では茜がすすり泣いていた。茜は大きな耳を伏せ、尾まで震わせて怯えている。

「藤さま、あの神さま、どうしてあんなに怖い匂いがするの？」

藤が茜の小さな背をさすりながら、狗神を見た。狗神は黙り込んで、青月が消えたあとの空間をまだじっと、見据えている。

「……母の魂に触れた後でも、浄化しなかったか。あれはもう駄目だ。やがて闇に染まるだろう」

狗神が独りごち、ようやく比呂の口から手を離してくれた。比呂は急いで、狗神に向き直った。

「なあ、あの……青月って神様、俺に会いたいって言ってた。どうして？　やっぱり、あの神様のところにお前の眷属がいるんだろ？　俺、あの神様と話したい」

比呂の瞼《まぶた》の裏にはっきりと、自分に会えないと失望していた青月の顔が蘇ってくる。なぜ、あの神は狗神の伴侶を、比呂を、捜していたのだろう？　あれほど必死になってくれていたのだから、話を聞きたいと思うのはごく自然な感情だった。

「部屋に戻るぞ」

けれど狗神は比呂の言葉には応えず、藤に向かってそう決めつけてしまった。

「戻るって。俺の意見は無視すんのっ?」

比呂はムッとしたが、こんなふうに詰め寄ったところで狗神に勝てるわけがないことは百も承知だ。案の定、腰を摑《つか》まれて無理やりのように立たされ、気がつくともう宴の席は消えていた。

「比呂」

強引なやり方にさすがに腹が立って眉を寄せていると、やっと腰から手を放してくれた狗神が、低く威圧するような声で言ってくる。

「よいか。二度と青月という名を口にするな。気にもするな」

「でも……」

畳に下ろされた比呂は、むくれたまま反論しようとした。けれどとたんに、狗神に睨みつけられ、そのあまりに強い眼光に口をつぐむ。

「もしお前が妙なことをしでかそうものなら、私はすぐに屋敷へ帰る。原初の神に無礼を働いてでもな。私が神だということを、忘れるな」

その声は、低く、重く、山鳴りのように比呂の心臓と腹の底へ、ずしりと響いてくる。出会ったばかりの頃の狗神が、比呂の脳裏をよぎる。荒々しく傲慢《ごうまん》で、力で比呂を抑えつけた神の姿だ。

逆らうことなど許されぬ圧迫感に、比呂は頷きこそしなかったものの、反論することもできなくなった。青月とは誰なのか、どうして隠そうとするのか、眷属のことをちゃんと知りたい——胸に浮かんでくる気持ちはいくつもあったのに、とても言葉にできない。

狗神は眼を細めると、「湯に行く」と言って、黙り込んでいる比呂を部屋に残して行ってしまう。

「比呂様、どうかご辛抱ください。……焦る気持ちは分かりますが、この場で眷属捜しはなさらぬよう、出がけにも申し上げましたね？　青月様のことは、お忘れなさいませ」

狗神が庭の湯に出たのを見計らい、藤がそっと忠告してきた。比呂はそれには頷かず、自室として与えられた寝室へこもり、襖《ふすま》を閉めた。

（……やっぱり、青月って神様のところに眷属がいるんだ。だからあれだけ、過剰反応するんだ。なのにどうして、なにも教えてくれないんだよ）

なにか理由があるにしても、教えてくれないのなら理解することもできない。かといって狗神に逆らって言い争ったところで、屋敷に戻されてしまえば手も足も出せなくなる。

比呂は息をつき、部屋に置かれた鏡台に頬杖をついたが、そうしているとどうしてか、わけもなく気持ちが落ち込んでいくのを感じた。

重たい、悲しい、不安な気持ち。それは罪悪感にも似ている。

（……青月って神様、周りから嫌われてるみたいだった。あんなに陰口叩かれて、なのに、わざわざ俺に会いに来てくれた。そうまでして会いたいと思ってくれたのは、なんでだろ？）

勇気を出して、もっと早く声をかければ話ができただろうか、という後悔が湧いてくる。ろくに知らない神を相手にこんなことを感じてしまうのは、青月の姿が、狗神に似ているせいだろうと比呂は思った。

灯りを点していない部屋の中には、青白い月明かりだけが差し込み、遠くから、まだ続く宴の音楽が聞こえてくる。

物思いに沈んでいた比呂の眼の先に、つと、見覚えのない包みが映った。

（なんだこれ？）

小さな、白いポチ袋のようなものだった。表には朱色の墨で「ばけ玉」と書かれている。と、昼間茜のオモチャを買い求めた店で、店主がつけてくれたおまけだと思い出した。オモチャのほうは茜に渡したが、おまけのことはすっかり忘れていた。

（ばけ玉って？　これも子どものオモチャかな……）

袋を開けると、中には赤い飴玉《あめだま》が四つ、入っている。取り出すと甘いいい匂いがして、比呂は少し躊躇《ためら》ったあと、口に含んでみた。

（わけの分からないもの食べて！　って藤に怒られたりして……）

と考えていたその時だ。鏡台に映った自分の姿を見て、比呂は驚愕《きょうがく》に、眼を剝いた。

平凡で、少しあどけない二十歳過ぎの青年の姿は、そこにはもうなかった。鏡に映っているのは、抜けるような色白の肌に、綿雪のような耳と尾。黒い、切れ長の一重の眼の――藤だった。

（ば、ばけ玉って、こういうこと!?　変身できる飴か！）

いかにも古い昔話の中に出てきそうな、不思議な飴だ。

鏡台に映る自分の姿を、まじまじと見る。睫毛の長さや肌のきめ細かさに、改めてうっとりと見惚《みと》れてしまう。背も伸びたので目線が高い。しばらくの間ぼんやりと立ち尽くしていた比呂だが、やがて意を決して、忍び足で部屋の外に出てみた。

幸い藤は居間にいない。なにやら用事を済ませているらしく、奥のほうで時々物音がしている。居間では茜が一人、昼間、比呂があげたオモチャで遊んでいた。青月のことで泣いていたのも忘れたらしく、硝子の玉を開けるたび、楽しそうに尻尾をぱたぱた振っている。

「あ、茜」

試しに声をかけてみると、驚いたことに声まで藤だ。振り向いた茜は邪気のない笑顔で、「はいっ、藤さま」と答える。どうやら茜にも、ちゃんと藤に見えているらしい。

ちらりと視線を走らせると、床の間にはこの部屋の案内板、赤札が置いてあった。いざとなれば、あの札で部屋までたどり着けるだろうと踏んで、比呂は札を懐にしまった。

そしてなるべく藤を真似《まね》て優雅に微笑み、茜に言い聞かせた。

「比呂様はお部屋で休まれていますから、邪魔してはなりませんよ」

茜は早くオモチャで遊びたいらしい。とりたてて駄々をこねることもなく、「はいっ」と可愛い返事をしただけだった。比呂はニッコリし、居間から外の廊下へと出る。

心臓が、ものすごい速さで鳴っている。こくりと息を呑み、自分の手を見下ろす。着物の袖から出ている腕は、自分のそれより白い。まだ変化は解けていないようだ。

（バレたらどうせ叱られるんだ。その時はその時だ。屋敷に戻されてもいい！）

一度腹を決めるともう迷わないのが、比呂の性格だった。変化がどれほどの間、もつのかも分からない。とにかく青月を捜し出し、それから後のことを決めよう。

比呂は思いきって、回廊の先へと急ぎ足で歩き出したのだった。

六

部屋を出て回廊を早足で歩き始めたものの、比呂《ひろ》はどちらに向かえばいいのかよく分からずにいた。宴の席へ行く時は、いつもは一歩外へ踏み出すともう宴席にいたし、帰ってくる時も同様だった。

今歩いている回廊は数メートルごとにぼんぼりが吊《つ》るされ、ほんのりと照らされているが、誰も歩いている気配はない。このまま行けば宿の玄関に着くのかどうかも怪しい。

不安になり、立ち止まって耳をすますと宴席からのお囃子《はやし》が聞こえてくる。音はどちらからするのだろう、と神経を研ぎ澄ましていると、「藤《ふじ》殿、なにをしておるのギャ」と声がして、比呂は飛び上がらんばかりに驚いた。

慌てて振り返ると、そこには狩衣《かりぎぬ》姿のヒキガエル、千如《せんにょ》がいた。千如は眠たそうに眼をしばたたき、

「お主《ぬし》ら一行は部屋に戻ったと思っておったギャ」

と首を傾げている。比呂は緊張しながらも、千如には藤に見えているのだから落ち着け、と

自分に言い聞かせた。

「……あ、あの、千如様。実はあのー、青月様《あおつき》を……捜しておりまして。どこにいらっしゃるかご存じですか？」

できるだけ藤のしゃべり方を真似《まね》て訊《き》く。千如は眼を細め「青月？」と首を傾げた。

「月白《つきしろ》ギャ、話す気になったキャ」

「あ、いえ。私が話したいことが……」

そう言うと、千如は残念そうに「そうキャ」と肩を落とした。その様子に、「狗神《いぬがみ》と青月って神はどういう関係なんだ？」と訊きたくなったが、比呂はぐっとその欲求を抑える。いくらなんでも藤がこんなことを訊くはずがないからだ。

「やつの闇は強情だギャ。原初の神の尊い神気に触れれば清められるやもと思い、宴に呼んだギャ……やつも、月白の伴侶《はんりょ》の話を聞いて、久方ぶりに出る気になったのギャ」

比呂は自分の話題が出て、どきりとした。

「……俺、じゃない、ひ、比呂様に、青月様は会いたいと？」

「ああそうギャ。五十年前、月白が死にかけた時は、青月に眷属《けんぞく》を預けたろう。その恩に報いて、かわり身の伴侶をヤツに与えよと言えば、月白は怒るだろうギャ」

今、千如は「月白の眷属を青月に預けた」と言った。

（やっぱり……やっぱり、青月のところにいるんだ！）

手がかりが一気に明らかになり、内心興奮しながら、比呂はそれと同じくらい気になったことを訊《たず》ねる。

「……ひ、比呂様を、青月様に与えるって、どういうことですか」

「いや、これは戯《ざ》れ言《ごと》ギャ。そうでもすれば、青月は救われるキャも、というだけのこと。まったく、かわり身を持つというのは神にとっていいことか悪いことか。やつが闇に堕《お》ちれば西の地には少なからず影響ギャ出る。小さな神どもギャ、呑《の》まれて消えるキャもしれん。藤殿ギャ説得できるなら、してほしいものだギャ」

千如はそうぼやき、去っていった。

後に残された比呂が、どうしたものかと困っていると、いつの間にか回廊から庭へ続く階段が現れていた。さっきまでなかったはずなのに、と不思議に思っているうちに、階段の先に狐火のような青い炎が揺らめき、虚空にとどまっているのが見えた。

なんとなく誘われて庭へ下りたつと、今まで通ってきた回廊が幻のように姿を消す。驚き、不安に心臓がドキドキと早鳴りはじめたけれど、青い炎がゆっくりと移動し始めたので、比呂はそれについていくことにした。

どのくらい歩いた頃か、いつしか眼の前に広い池が見えてきたところで、青い炎はふっと立ち消えた。月明かりを反射し、池面が銀色に輝いている。そしてその湖畔《こはん》に、青月が佇《たたず》んでいた。

比呂は思ったとおりだ、と息を呑んだ。

以前、八咫《やた》の神に誘い出された時も、今日のように小さな光につられたのだ。だからなんとなく、青月に会えるのではないか、と比呂は思ったのだった。

「……月白の伴侶か？」

比呂が立ち尽くしていると、青月が眼を細め、近づいてきた。

見れば、湖の水面に映る自分の姿は、いつの間にか比呂自身の姿に戻っていた。やはり子どもだましのオモチャなのだろう、変化の飴玉《あめだま》の効果はとうに切れていた。

「あの……俺、狗神の……楠《くす》月白のところの伴侶で、比呂って言います。あ、あんた、いや、あなたに訊きたいことがあって」

比呂は慌てて、失礼がないように自己紹介し、頭を下げた。

ちらりと見ると、青月と視線がかち合い、比呂はぎくりと身を竦《すく》める。暗青色の瞳はなにを考えているのか分からないほど静かで、無感情に映った。

気まずさと恐怖、不安と緊張に襲われて、心臓がばくばくと嫌な音をたてる。なにから訊こう、どう訊こう、と思ったけれど、答えはなにも浮かんでこなかった。

お付きの者は誰もいないのか、青月は一人きりだ。ゆるく風がたつと、その長い髪が揺れる。先端が黒く染まったその髪を見ていると、青月が、闇に染まりかけている、と言った狗神の声が思い出された。

「あ、あの……俺、青い火につられて来たらここに」

「そなたの気配を感じ……もしや、と思って私が炎を飛ばした。宴では、狗神がそなたを隠していたが、そなたが来てくれたから、今はそなたが見える」

しどろもどろに言った比呂へ、青月が静かに答える。

「あ、青月さんのところに、月白の眷属がいるって聞いたんですけど……」

その時青月が不意に距離を詰めてきて、比呂は言葉の先を飲み込んでしまった。眼の前に立たれると、その存在感の大きさと美しさに気圧《けお》された。

（本当にきれいな……神様……）

青月の体からは、懐かしい匂いがしていた。それは狗神とよく似た、森の緑の香りだった。姿が似ているだけではない、雰囲気や匂いまで、青月は狗神に似ている。

ただ違っているのは、狗神よりも落ち着いた、静謐《せいひつ》な雰囲気だろうか。喜怒哀楽の激しい狗神と違い、青月の表情はほとんど変わらない。

「そなたが月白の伴侶……」

なにも言えなくなり、棒立ちになっていた比呂の頬《ほお》に、ひやりと冷たいものが触れた。それは青月の指だった。狗神と似た長い指、けれどまるで反対の冷たい手で頬を撫《な》でられ、眼を覗《のぞ》き込まれる。

緊張のためなのか、心臓がさっきよりもさらに早鳴り、比呂は微動だにできなくなる。

その時突然、青月の暗青色の眼に透明な涙が盛り上がり、こぼれてきた――。

涙は月に照らされてきらめき、比呂の頰に落ちてきた。長い睫毛《まつげ》を伏せて身を屈《かが》めると、青月は比呂の額に自分の額を押し当てるかのようにして、顔を近づける。

「そなたに会いとうて、ここまで来た。……私を、救うてくれ」

哀れげに震える声。懇願するように言われ、比呂はどうしていいか分からず、混乱した。

初対面の神が、狗神にそっくりな、けれど狗神より大人びて見える神が、力の大きな、美しい神が、打ち震えて泣いている。隠すでもなく、泣き顔を素直に晒《さら》して。

そのことに比呂はショックを受け、呆然《ぼうぜん》とした。

「そなたにしか……私は救われぬ」

涙声で言われると、まるで狗神にすがられているような錯覚を覚えてしまう。

(なんで泣くんだ？　……救われたいって、なにから？　俺だけが救えるって、どうして……)

胸が痛み、思わずその体に触れようと手を伸ばしかけた時、「比呂様！　青月様！」と、ものすごい怒鳴り声が聞こえてきた。

そして次の瞬間、比呂は腕を引かれていた。駆けつけてきたのは藤だった。息を切らし、汗をかいた藤は、比呂を自分の後ろに庇《かば》うようにして青月との間に立った。

「楠青月の狗の神、ご無沙汰《ぶさた》しております。こちらは我が主《あるじ》、月白様のご伴侶です。主の許し

なく触れまするなら、この藤、命に替えてもお守りせねばなりません」

捲《まく》したてるように言い、藤が青月を睨《にら》んだ。青月はもう泣いておらず、どこかとらえどころのない、ぼんやりとした表情でじっと藤を見つめていた。

「……その者と、会いとうてここへ来た。ご伴侶も、私を探していたようだが」

静かな声は高いわけでもないのに、まるで澄んだ鈴の音のように響く、不思議な声音だ。

「宴席かお部屋に戻られませ。話があるのなら、主をお通しください」

それでは、と言い置くと、藤は無礼にさえ思えるほど早々と、比呂を引っ張って青月の前を辞す。力任せに腕を引かれながら振り返ると、青月が、迷子の子どものように所在のない表情で一人ぽつんと立っている。

先端の黒ずんだ髪が風になびき、その打ち合わせの間から、白い胸板がちらりと見えた。そこには、傷ついた心を表す、禍々《まがまが》しい赤い紋が大きくしみついていた。


「比呂様、一体なにを考えておいでなのです……！」

どこをどう通ったのか、再び回廊に戻ってきたとたん、比呂は藤に怒鳴られた。藤は青ざめた顔で、比呂の両手首を握りしめ、怒りに震えているようだった。その手のひらは、普段からは考えられないほど冷たく汗ばんでいて、比呂は藤の緊張を悟った。

「藤、どうやって俺の居場所が分かったんだ？」

「赤札を持って出られたでしょう。気配をたどったんです。……そんなことを訊いている場合ですか？　旦那様のお言いつけを破り、よりによって青月様と話すなど！」

叱《しか》られる覚悟はしていたので、比呂は動じなかった。

藤の心配は痛いほど伝わってきたから、比呂は「ごめん」と素直に謝った。謝ったけれど、それよりも気になることが山ほどあった。なにより、ついさっき会ったばかりの青月の、弱々しい姿が眼に焼き付いて離れなかった。

「勝手な行動をしたのはごめん。だけど教えてほしい。あいつのところに、狗神の眷属がいるんだろ？　なのにどうして、あいつを避けてるんだ？　それに青月って神、すごく弱ってるみたいだった。俺に、救ってくれって……神様が、あんなに泣いて……」

きれいな眼からハラハラとこぼれ落ちてきた涙と、すがるように言われた言葉が記憶に蘇《よみがえ》り、比呂は胸が痛んだ。

最後に見えた胸元の赤い紋は、青月の心の傷そのものだ。神々は心から流した血を、そのまま肌に浮かび上がらせる。大きな紋だった。青月はなにかで深く、傷ついている。

たとえよく知らない相手でも、眼の前で泣いているのを見たら、心配になる。そのうえ青月は狗神ととてもよく似ている。比呂は出会ったばかりの頃の、狗神のことを思い出した。

（狗神もあんなふうだった……もっと怒ってたけど、青月みたいに、胸に大きな傷があって——）

比呂はすぐにはその傷に気づけず、狗神を傲慢《ごうまん》な神だと決めつけたのだ。あとになって何度、もっと早く狗神の苦しみに気づいてあげていたら、と悔やんだかしれない。

その時の後悔や、痛みを思い出すと、それが自分の苦しみではない分だけ余計に、辛《つら》かった。

そんな比呂の様子を見ていた藤が、ため息をつく。

「こうなるだろうと思っていました。だから嫌だったのです。……比呂様、お願いですから同情などしないでください。あなたに、青月様を救うことはできないのですから」

「じゃあ、せめて理由を教えてくれよ。眷属を迎えに行かないのはなんで？　青月が俺に助けてって言ったのはどうして？」

藤は弱り切ったように、眉《まゆ》を寄せている。庭のほうへ眼をやり、

「本当に比呂様は……嫁いでこられてからも、こういうところがまるで変わりませんね。誰にでも、お優しすぎる」

と、呟《つぶや》いた。

藤の声は苦く、比呂は優しいと言われながら、責められているような気がした。

「……青月様は、旦那様と同じ大楠の神です。遠い西の地、古い神々の土地に根を下ろす、樹齢二千年の、旦那様より年を重ねた、力ある神なのです」

比呂は眼を瞠《みは》り、しばたたいた。樹齢二千年。ということは、弥生《やよい》時代か古墳時代か、そのあたりからいる神ということになる。

「西海道《せいかいどう》の大楠、楠青月の狗の神といえば、宴でも上座に座る、尊貴な御方でした。けれど五百年前、戦乱の世のことです。当時青月様を信仰していた領主の敵軍が、士気を乱すためにと斧《おの》を振るい、青月様のご神体は傷つけられました。……そして、ご伴侶の一人が、青月様のかわり身となって死んだのです」

比呂は息を呑み、藤の言葉を聞いた。

――かわり身となって、伴侶が死んだ。

青月は人間の伴侶に心から愛され、身代わりとして死なれた経験があるという。

「それって……俺と同じ」

つい呟くと、藤は厳しい顔をして「ええそうです」と比呂の言葉を引き取った。

「ただ、そのご伴侶は比呂様と違って助からず、魂もろとも消え去りました。それまで青月様のお屋敷には、ご伴侶が十数名おりました。青月様はとても大きな神社を持ち、神域も広く、篤い信仰を寄せられていましたから、自ら望んで伴侶となった者も多かったと聞きます」

死んだ伴侶もその一人だったはずだと、藤が言う。

そんなこともあるものなのか、と比呂は思った。

自分は初めて狗神に迎えられた時、下界に帰りたい一心だった。もっとも二回目に伴侶となった時は、自分で望んでやって来たけれど。どちらにしろ、その伴侶はかわり身になるほど青月を愛していたのだろう。

「……伴侶を失って、それで青月は、弱ってるってことか？　だったらどうして、五十年前、そんな相手に眷属を預けたんだ」

　闇に染まりかけている、という狗神の言葉が耳に戻ってくる。同時に比呂は、狗神が比呂を失ったら「祟《たた》り神になる」と言い切っていたことを思い出す。

（闇に染まるって、祟り神になるってことと、同じじゃないのか……？）

　青銀色の美しい髪や尾が、墨染めしたように黒くなりはじめていた青月。

　神々はその心のありようが、悲しいほど素直に姿に現れてしまう。だからもしかしたら、青月を染め始めていた黒い色は、心の闇そのものなのではないか、という気がした。

「……青月様はすぐにああなられたのではありません。数百年の時が経つうちにだんだんと、古い時計の歯車が少しずつずれていくように狂い、闇に染まり始めた……。五十年前はまだあんなお姿ではなく……我々があの方に眷属を預けたのは、青月様の付き人の神狼に、強く懇願されたからです。失ったご伴侶のかわりに、眷属が増えれば青月様の心の空洞が埋まるはずだと」

　藤にじっと見つめられ、比呂はなにか自分の弱いところを指摘されたような気持ちになった。失った伴侶のかわりに眷属を増やす。

　その考えは、眷属が戻れば狗神の不安も和らぐだろうという、今の比呂の考えと同じだったからだ。藤はそうとは言わないが、まるで、浅はかな考え方だと責められている気がした。

「我々も預け先を探していたので、助かりました。青月様なら大丈夫だろうと信頼した……たしかにその後しばらくは、青月様もお元気だったと聞きます。ですがそれは表面上のこと。心の奥では、なにも変わっていなかった。今はあのように、闇に囚《とら》われ始め、お姿にもそのことが映し出されている。比呂様も見たでしょう。墨染めしたような御髪や、尾を」

比呂は神妙に頷《うなず》く。

「そんな青月様から、また眷属を取り戻すことができましょうか……？　眷属を取り上げれば、青月様の心の空洞が、今より深まるだけかもしれない。もちろん、なに一つ変わらない可能性もありますが」

結局のところ、と、藤は比呂の眼をじっと見つめて、言い聞かせるように続けた。

「眷属の存在だけでは、伴侶のためにできた、心の空洞は埋められない。青月様がいい証《あかし》です。それに、旦那様が今回、青月様に近づかぬようにしているのは、あなたのためです。比呂様」

藤は眼をすがめ、「あなたを奪われるかもしれぬと、ご心配なのです」と言った。狗神の性格を考えれば、十分予想できる言葉なだけに、比呂は黙り込む。

ご自分でも、お分かりでしょう？　と、藤は諭すように比呂の顔を覗き込んできた。

「比呂様は、青月様が失ったものそのものです。下手な同情などして、助けようなどと妙な気を起こされますな。比呂様の家族は、私たち。そして旦那様なのですよ。……旦那様を、今の青月様のようにしたいのですか？」

最後のほうはまるで、懇願するような声だった。あまりに必死な藤の様子に、比呂は大事な人に心配をかけているのだと、胸が痛んだ。

大丈夫だよ、ごめんな、そう言って安心させてあげたい。

そう思うのに、言えなかった。なにも見なかったことにして、青月のこともう気にかけず、眷属を取り戻すのもやめる、とは約束できない。それが本当にいいこととは、今話を聞いても、どうしても思えなかった。

「狗神が、俺を失ったら青月みたいに……もしかしたら祟り神になるって、藤も思ってるんなら」

気がつくと比呂は、ついその不安を口にしていた。

「青月を、助けなきゃいけないんじゃないのか？　自分たちさえよければそれでいいのか？　俺は、たとえ自分がいなくなった後でも……」

言いかけて、比呂はその先を飲み込んだ。自分がいなくなった後でも、という言葉を口にしたとたん、藤の顔が歪《ゆが》んだせいだ。

白い頬を怒りのために薔薇《ばら》色に染め、けれど激情を抑えるように、藤はため息をついた。

「……頭を冷やしてください。今は話になりません」

議論しても無駄だと思ったのだろう、藤がそう切り上げてしまう。比呂ももう、深追いしなかった。どちらにしろ平行線だというのは分かっていた。立場上、そしてなによりも比呂の安《あん》寧《ねい》を優先してくれている藤だからこそ、あえて危険を冒しても青月に関わったほうがいいのではないかという考えを、絶対に理解してはくれない。

青月と話したことが狗神に知られれば激怒されるだろうからと、藤は気を利かせて比呂から青月の気配をとってくれたようだ。

「今回だけ、私が誤魔化します。いいですか、一度だけですよ」

念を押されて頷いたけれど、納得できたかというとそうではなく、このままなにも見なかった、なにも聞かなかったと決めることはできそうにない。

（……藤だって、狗神が俺を失った後のこと、不安に思ってるくせに）

だからこそ余計に、藤は比呂を大切にしてくれている。愛する主人のために。それでいて、その主人の苦しみを、比呂のように解決しようとはせず、狗神本人に任せて放っておける藤は、ある意味では大人なのだろう。

けれどそれではいつまで経っても、狗神の不安は消えない気がして、比呂には納得がいかなかった。やれることをすべてやっても無理なら、諦《あきら》めもつく。けれど自分が傷つくかもしれないことを恐れてなにも行動しない、というのは、なんだか違うと思ってしまう。

それ以上に、今青月が抱えている苦しみが他人事《ひとごと》だと、比呂には割り切れなかった。

池端に立ち尽くしていた青月の、淋しげな横顔が瞼《まぶた》の裏に焼き付いている。美しい眼からこぼれ落ちてきた、透明な涙の滴《しずく》。耳の奥に、救ってくれ、という声がこだました。

思い出すとどうしようもなく胸が痛み、とても放っておけない気持ちになる。青月の苦しみは、未来の狗神の苦しみかもしれないのだ。

藤に連れられて部屋に帰る間も、比呂はずっと思い出していた。

池の縁で比呂を見ていた青月の、捨てられた子どものような眼を。

すぐ出たところの回廊で涼んでいたと、藤がうまい言い訳をしてくれたおかげで、狗神は比呂が青月に会っていたことや、比呂の勝手な行動に気づかなかったようだ。

寝支度をして一緒に布団に潜り込んだあと、狗神は言葉少なな比呂の顔を覗き込んできた。

「どうした。……疲れたか？　不安そうな眼をしているが」

狗神は宴席での不機嫌を忘れたように、今は心配そうな金の眼で、比呂を見つめている。

こういう時、自分たちは家族なのだなあと、比呂は思う。

少しばかりすれ違ったりぶつかりあっても、一緒に生きていきたいと互いに思っているから、すぐに相手への情が勝つ。言い争いや価値観の違いは横に置いて、今眼の前の事情や相手にだけ、気持ちを使うことができるのが、家族だ。

そんなふうに「家族」になれた自分たちが嬉《うれ》しいのと同時に、こういう繋《つな》がりを青月が失ったのだとしたら……と考えると、悲しくなってしまう。

優しく髪をかき上げてくれる狗神に、比呂は「なんでもないよ」と返した。

「神様の宴にまだビックリしてるだけ……大丈夫」

そう言っても、じっと見つめてくる狗神の瞳は揺れていた。

（不安そうなのはお前だって同じだろ……）

そう思ったけれど、口にはしなかった。

二人一緒にぴったりとくっついて眠る。けれどなかなか寝付けず、それは狗神も同じようだと、浅い呼吸の音から伝わってきた。

（一緒にいさえすれば、幸せになれる。そう思って、伴侶になったはずなのに……）

狗神の体温を隣に感じながら、比呂は思う。

おとぎ話はめでたしめでたしで終わるのに、現実はそうはいかない。愛しているし、愛されている。それでも不安がつきまとう。この不安はどうして生まれてしまうのだろう。

（自分以外の相手に、幸せでいてほしいって思うから……かな）

自分の幸せさえままならないのに、自分ではない誰かにも、幸せでいてほしいと思いすぎるから、不安になるのだろうか？

自分の心ではなく、相手の心を喜びで満たしていたいと思ってしまうから、不安になるのだろうか？

比呂は狗神の幸せを。狗神は比呂の幸せ、ひいては比呂の命を。未来に約束してほしいと、思いすぎるから？

そもそも他人の心や幸せなど、どうにかできると思うほうが間違っている。

（でも俺は狗神の伴侶なんだ。……この世で一番、近い相手の幸せさえままならないなら、一緒にいる意味って、なんなんだろう……）

眼には見えない狗神の不安を手に掬《すく》って、花占いで花びらを一枚一枚摘んでいくように、優しく、一つ一つ、散らすことができたならいい。けれどそんなことはできるはずもない。

人同士の夫婦でも、こんなことで悩んだりするのだろうかと、比呂は思った。相手の幸せのためにできることの少なさ、言葉も足らず、どれだけ理解していても手を伸ばすことすらかなわないという無力感に、打ちひしがれたりするだろうか。

今思っている不安をすべてさらけ出し、相手を追い詰めることができない歯がゆさ。

そのもどかしさを前にすると、一緒にいても結局は独りなのだと感じる、孤独。

そんなものを、世の中の伴侶同士は、それが神と人であれ、男女であれ、同性同士であれ、等しく感じているものなのか。

比呂の瞼の裏には、死んだ祖母の姿が浮かんできた。

――心ある者はみんな同じ。

何度も思い返してきた、祖母の言葉が耳の奥に戻ってくる。

痛みも苦しみも、誰もが感じるものだと祖母は言い、だから他者を思いやるようにと教えてくれた。なにか辛いことや、思い通りにいかないことがあるたび、『また頑張るだけ。それだけだいね』と言って励ましてくれた。だから比呂はいつでも、くじけそうになると、もう一度頑張ろうと思ってこられた。

もう一度頑張ろう。頑張ってみよう。そうすれば、きっと道はいつか開けるはず――。けれど自分自身の苦しみのためではなく、狗神の不安や、青月というまだよく知らない神様の苦しみについて、なにか頑張ろうとしても、どうすればいいのか分からなかった。

（他人の痛みは、想像するしかできないからよけいに、自分の痛みより痛い……）

比呂は、この頃何度も思っていることをまた、思う。

（もし、あの時……狗神がもう一度、会いに来てくれた時。狗神の伴侶にならずに、平凡な人間の人生を、選んでたら……）

――そうしたら、狗神は今より幸せだったかもしれない。

これまでにも何度かよぎった考えを、比呂は無意味な「たら、れば」だと押しのけた。自分の無力さを感じるたびに、こういう仮定を考える癖はもうなくそうと決めたのに、不安になるとつい出てくる。

けれどどれだけ押しのけても、深くこびりついた黴《かび》のように、比呂の心の中にずっと、「自分が狗神の伴侶でなければ……」という益体《やくたい》もない仮定は、燻《くすぶ》っている。

答えが見つからないまま夜は更け、比呂は狗神の呼吸が、ゆっくりとした深い寝息に変わるまで、ずっと寝付けずにいた。

「じゃあなに。お前、青月を助けてやろうって思ってるのか?」

比呂と頭をくっつけるようにして、鈴弥《すずや》が小声で訊いてきた。その声にも整った顔にも、非難がましい色が浮かんでいる。予想していたことなので、比呂は気まずい気持ちで「分かんないけど、放っておけなくて」と呟いた。

「変なこと考えるなよ、いくらなんでも、相手がまずすぎるよ」

場所は狗神に与えられた居室から見える、庭の一隅だった。

ちょうど足湯ができるようになっているので、そこで二人並んで座り、仲良く足を湯につけている。

比呂は昼間、鈴弥と話したいと頼み込み、狗神の許しを得て部屋に鈴弥と八咫の神を招いていた。八咫と狗神は少し離れた縁側で、囲碁を打っている。人間同士、伴侶同士、積もる話があるのだと言えば、狗神は渋々納得してくれたので、比呂は鈴弥に青月のことを相談したところだった。

藤にはもう話を聞いてもらえそうにないし、神々の世界での生活が長い鈴弥なら、知恵を貸してくれるかもしれないと比呂は考えた。

けれど案の定、鈴弥は青月の名前を出したとたん、比呂が関わることを反対した。

「あいつの噂《うわさ》はあちこちで聞いてる。参拝する人間にも興味をなくして、神社にも出向かなくなって、祟り神に堕ちようとしてるらしい。まだ人間を故意に傷つけたことはないみたいだけど、時間の問題だとさ。原初の神の神気に触れても、魂が浄化しなかったんだ。もう救いようがない」

「でも、それならあいつの神域にいる、狗神の眷属はどうなるんだ？」

「オレが聞いた話だと、祟り神になった神の眷属は、獣に戻るらしいけど……」

比呂は鈴弥の答えにぎょっとしてしまった。想像よりはるかに状況が悪いと思った。

「……じゃあ、青月が祟り神になったら、狗神の元眷属は取り戻せなくなるってこと？」

それなのに、どうして狗神は動かないのか。たとえ眷属をもう一度取り戻すことで、青月が本当に祟り神化する可能性があるにしても、もし茜《あかね》のような小さな子がいたらどうするのだと比呂は不安に駆られた。

「死ぬわけじゃないんだから、諦めるしかないだろ。それに狗神は昔の眷属より、お前を選んでるんだよ。青月はいまだに参拝客を大勢抱えた、二千歳の大神だぞ。今の狗神にいくら力があっても、争えば互いに深手を負う。なにかあってお前が傷つかないようにしてるんだ。刺激するのはまずい」

呆《あき》れた顔の鈴弥に、比呂は「でも」とまだ、反論した。

「青月に、泣きながら、助けてくれって言われたんだ。俺に会いに来たって……」

「それは青月の問題だ。お前が動くことじゃないよ。ただでさえ俺たちは、力のない人間に過ぎないんだから、神々のことに首を突っ込むべきじゃない」

鈴弥の言うことは正しいと、比呂も思う。

嵐が過ぎ去るのを待つように、頭を低くしておけばなにも危ないめに遭わずにすむかもしれない。けれど……。比呂の脳裏にはどうしても、淋しそうな青月の姿が浮かんできて、それが狗神に重なってしまう。

宴はあと五日で終わる。このままなにもせずに帰れば、あと八年、つまり、人間の世界でいえば五十数年、青月に会うチャンスはない。

後悔をして生きていくには長すぎる時間だ。

「……なにもしないことが、本当にいいことなのか？」

ぽっつりと、比呂は呟いた。それは自分でも答えの分からない問いかけ。はっきり正しい回答など、たぶん誰も出せないだろう疑問だ。

「なにもしなかったら、誰も傷つかないかもしれないし、悪いことも起きないかもしれない。でも、あとになってもっとこうしておけば良かったって後悔するかもしれないんだ」

比呂は顔を上げ、「俺、間違ってるかな？」と鈴弥に訊いた。

「苦しんでる相手がいて、なにか少しでもやれる余地があるのにやらないのは、間違ってないか？　……せめて話だけでも聞きたい。じゃないと、ずっと後悔しそうな気がする」

言いながら、だんだん鈴弥の眼を見ているのも辛くなり、比呂はうつむいた。

なにが正しい選択なのか、比呂には分からなかった。狗神も藤も、青月に比呂が関わることを望んでいないのだ。けれど狗神の気持ちに背いてでも、比呂は自分の気持ちに嘘をつきたくはなかった。

もっと青月のことを知らなければ、なにが正しいのか分からないのに、知らないままでいいとはやっぱり、思えない。

「それに……俺、茜にはいつも、誰か困ってたらできるだけ助けてあげなさいって言ってる。なのに、自分がそうしないのはおかしいし」

それ以上に単純に、このまま放っておけない。

「青月に助けてって言われたのは、俺なんだ。狗神や藤じゃない。だったら俺が、自分で決めることだと思う」

自分でも、自分の考えに自信がなくて小さな声になる。

けれど、やがて鈴弥がため息をつき、「分かった」と言ったので、比呂は眼を見開き、顔をあげた。比呂の気持ちを理解してくれたのかと、思わず息を詰めて鈴弥を見つめる。

「ようはもう一度青月と話をして、なにをどう助けてほしいのか聞いて、できることならしてやるし、できないことならしない。それを自分の意志ではっきりさせたいんだろ?」

言われて、比呂はその通りなのでこくこく、と何度も頷いた。すると鈴弥は諦めたように
「お前って本当、バカ正直っていうか……」と呟く。

「まあそこに、狗神も惚《ほ》れてるんだろうけどさ……とにかく、いくら青月でも、狗神の防御をかいくぐってお前には会いに来れない。オレから八咫に頼んで、一回だけ隙《すき》を作ってやる。そこで会って話してきなよ。ただ、一回だけだ。あと、線引きだけはきっちりしろ」

鈴弥は眉を寄せ、「青月は狗神じゃない」と、強い口調で言った。

「いくらかわいそうでも、錯覚するなよ。お前は狗神の伴侶で、茜と藤の大事な主人なんだ。お前になにかあったら、傷つくのはあいつらなんだから」

比呂は「分かってる!」と大きな声を出して頷いた。

やっぱり同じ人間同士、鈴弥はなにより、比呂の気持ちを理解してくれた。

これまで誰も味方がいなかったので、そのことがただ嬉しくて、気がつくと抱きついていた。

反目していたこともあったが、今は鈴弥が、大切な友人に思える。

と、縁側でガタッと大きな音がたち、狗神が「比呂!」と怒鳴ってきた。

振り返ると、碁盤がひっくり返り、白黒の碁石が縁側に散っていた。八咫が「あ〜あ、俺が勝ってたのに」と笑っている。

狗神は真っ赤な顔で、耳も尾もピンとたて、怒っているようだった。

「比呂、鈴弥から離れろ！　私の許しも得ず、勝手に誰かと抱き合うことは許さんぞ！」

比呂の腕の中で鈴弥が苦笑し、八咫の神はからかうような顔で、

「いいじゃないか。あんなの、百合みたいなもんだ。見てみろ、なかなか萌《も》えるぞ」

と、肩を竦めている。

「八咫の神、百合とか萌えとか……そんな言葉、どこで知るんだ？」

思わず訊いてしまった比呂に、八咫の神はただ笑って、片眼をつむってみせた。

七

一回だけ、内緒で青月《あおつき》と話をさせてやる、と鈴弥《すずや》に約束してもらって、比呂《ひろ》は内心狗神《いぬがみ》に後ろめたかった。少なくとも狗神には嘘をつくことになるのだ。

けれどそわそわしながらも、やめる気にもなれず、これっきりだと自分に言い訳し、夜になるのを待った。

「とりあえず、ばけ玉を全部寄越せ」

と言われて、比呂は件《くだん》の飴玉を全て、鈴弥に預けていた。宴の途中で合図をするから、そうしたら席を抜けろ、青月のところに連れて行くから、と言われているだけなのでどうやって狗神の眼を誤魔化すのだろう、と思いつつ、宴席についた。

三晩めの夜になると、神々の数は前の晩より増えているようだった。神の中には七晩すべてに参加せず、遅れて来る者もあるらしい。

「比呂さまあ、このお肉おいしいですっ」

比呂はこれから青月に会うのだと思うと緊張し、横で無邪気に声をあげている茜《あかね》にも半分引きつった笑みを浮かべていた。今夜も八咫《やた》と鈴弥が同席していて、狗神は八咫にからまれて鬱《うっ》陶《とう》しそうにしている。だがそんな中でも、比呂の右手は狗神にしっかりと握られているし、藤《ふじ》は茜の隣から、警戒しているように時々比呂を見てくる。

（うう……こんな監視のきつい状況で本当に抜け出せるのか？）

到底無理そうだ、と、比呂は思っていた。

その時、藤が「八咫の神！」と小さく責めるような声を発した。狗神の手が比呂の手から離れ、見ると、下座のほうからわらわらと下位の神々が押し寄せてきて、

「月白《つきしろ》様、どうぞ私めにもお酌させてくださいまし」

「ああ、噂に違《たが》わぬ尊貴なご神気……」

と、狗神を囲み始めた。一日目に藤と狗神に怒られて、八咫の神は下座の神々が上ってこられるような道をつけるのをやめていたが、今日はまたつけたらしい。

「いやあ、どうしても狗神に挨拶《あいさつ》したいと言われてなあ」

からからと笑う八咫の神を藤が睨みつけ、狗神が比呂から気を逸《そ》らした瞬間、鈴弥が「比呂、立て。後ろに道がついてる」と背後から囁《ささや》いてきた。

ハッとして鈴弥を振り返り、比呂は驚きに眼を瞠った。鈴弥は比呂になっていた。ばけ玉を食べたらしいと、すぐに分かった。

けれど感心している場合ではないので、比呂は慌てて言われたとおりに立ち上がり、後ろを

向く。するとどうしてなのか、神々の宴席の間に、うっすらと白い光がぽつぽつと見え、それは庭の飛び石のように、どこかへと続いていた。

光の飛び石を一つ踏むと、とたんにあたりが暗闇に覆われた。

振り返れば、下位の神々に囲まれた狗神や藤、比呂になりすました鈴弥が、かなり遠くに見えた。

「嫁ご。急げ、あまり時間はないぞ。俺の目眩《めくら》ましが狗神に通じるのはわずかな間だけだ」

耳元で声がし、見ると八咫の神が立っていた。八咫は手に持っていた提灯《ちょうちん》を、比呂に渡してくる。

「いいか、この灯りが消えたら、座に戻ってこられるようにしてある。なにかあればすぐに消せ。それから、青月がお前さんに『ついて来い』とか『おいで』とかと言っても、絶対に『はい』と言うなよ。言ってしまったら、俺の護りは消えるからな」

言い含められ、比呂は頷いた。

「ありがとう、八咫の神。あと、こんなことさせてごめん」

「まったくだ。おかげであと百年は、狗神の屋敷に入れてもらえんだろうなあ」

八咫の神が笑って肩を竦め、「急げ」と言って腰を叩《たた》いてきたので、比呂は光の飛び石の上を走りだした。狗神に知られてしまえば、とてつもなく怒られるだろうから、早く行って帰ってこねばならない。

どのくらい走ったのか、気がつくと比呂は昨夜も見た池端に立っていて、少し離れたところに青月がいた。今日も付き人はおらず、一人ぼっちで月の光に照らされている。

「……青月」

比呂はそっと、呼びかけた。宴席からはずいぶん離れた場所らしく、賑《にぎ》やかなお囃子はかすかに聞こえるだけだった。

周りには誰もおらず、比呂は八咫から預かった提灯の柄をぎゅっと握りしめた。今自分を守ってくれるのはこの提灯だけだと思い、恐怖と緊張がないまぜになった気持ちになる。

それでも──なぜか、眼の前の青月を心の底から怖いとは思えなかった。

狗神とよく似ているせいだろうか。打ち沈んだ淋しげな瞳で顔をあげた青月は、「来てくれたのか……」と、呟いた。

「きっと、もう一度会えると思っていた。そなたに見てもらいたいものがある。私と来ぬか」

そっと訊かれ、比呂は別れしな、八咫の神に注意されたのはこれか、と構えた。もし青月に誘われても、絶対に行くと言ってはならない。急いで首を横に振る。

「行けない。それより、訊きたいことがある」

比呂はすぐ、切り出した。ぐずぐずしている暇はない。単刀直入にいこう、と決めていた。

青月はなにを考えているのか分からない無表情のまま、じっと比呂の言葉を待っている。感情豊かな狗神と違って、尾も耳も、ぴくりとも動かさない。

「俺が訊きたいのは二つだけだ。一つは、あんたの屋敷にいる、狗神……月白の眷属を、どうしたら帰してもらえる？　もちろん、彼らが帰りたがってたらだけど。それから昨日、俺に助けてって言ってたよな。俺はどうしたら、あんたを助けられるの？　俺にできることなら、協力したい」

一息に言った比呂に、青月はまだ無表情だった。

十二本の尾は垂れたまま、けれど耳だけは一瞬、ぴくりと動いた。けれどそれもかすかに、ほんの一度だけ。

「……月白の眷属は帰してもいい。彼らは月白のもとへ帰れるのなら、帰りたいのではないか」

たぶん、と曖昧《あいまい》に言う青月に、けれど思ったよりもあっさりと自分の希望が通り、比呂はホッと肩から力が抜ける気がした。

「ほ、本当に？　本当に、帰してくれるのか？　お前はそれでも、淋しくない？」

淋しくないのか、と訊かれて、青月はどうしてか一瞬ぼんやりとした顔で、「淋しい……？」と呟いた。

「眷属を帰すのはいい。ただ、そなたが私の願いを一つだけ叶えてくれるのなら」

「願い？」

比呂は首を傾げた。どんな願いだろう、もしも屋敷に来てくれとか、伴侶になってくれというものであれば、きくことはできない。その場合は友人になるとか、そういう方法でも許してくれるだろうか、と考えていると、いつの間にか、青月に手をとられていた。

「……っ」

とられた手に、ひんやりとした青月の体温が伝わってきて、比呂は驚き、肩を揺らした。見下ろしてくる青月の――冬の月のような、目映《まばゆ》い美しさ、氷のような肌の冷たさに気を呑まれ、身じろぎできなくなる。

青銀の髪が月光にきらめき、暗青色の瞳が、静かな湖面のように比呂の姿を映している。緊張で、比呂の心臓がドキドキと音をたて、どうしてか頬が紅潮してきた。青月の体から匂う森の香りと、その逞《たくま》しい胸板があまりに狗神に似ていて、まるで狗神に迫られているような、そんな錯覚を覚えたせいかもしれない。

そうして、比呂の手には、なにやら小さな木切れが渡された。それは古い小太刀《こだち》のようだった。

「私の神体である楠から切り出し、真名《まな》をこめて作った神殺しの太刀だ。……これで私の心臓を突いて、殺してくれ」

――殺してくれ。

なにを言われたのか分からず、比呂は一瞬固まってしまう。

殺してくれ？

もう一度頭の中で聞いた言葉を繰り返し、とたん、声をあげて青月の体を押しのけていた。

「ふ、ふ、ふざけるなよ！　そんなことできない！　お前、自分の眷属や、参拝に来てくれる人たちを見捨てて死ぬつもりなのか!?」

焦り、そして初対面でこんなことを頼んでくる青月にも腹が立って、頭に血が上った比呂は、恐怖を忘れ、相手が神だということも忘れて怒っていた。

狗神になら「無礼者！」と声を荒らげられているだろう場面だ。けれど青月は、ほとんど感情を見せなかった。耳も尾も動かさないまま、ただじっと、比呂を見つめているだけだ。その表情はまるで、親に叱られた子どもがなぜ怒られているのか分からずに困っている、というような顔に見える。

比呂は眉を寄せ、思わずまじまじと、青月を見つめる。

（青月は、二千年生きてる神様だよな？　……狗神より年上の……なのになんなんだろう、この、頼りなさ。打っても響かないっていうか――）

「そなたが殺してくれぬと困る。……私は、そなたに殺されとうて来たのだ。月白の伴侶がかわり身になりかけたと、千如《せんにょ》から聞いた。ここに来れば会えると」

そう言いながら、ようやく青月は、感情らしい感情を見せた。比呂に願いを拒まれたことで耳を伏せ、子どものように落ち込んでいる。

比呂は困り果て、そっと青月の腕に触れた。逞しい男の腕の感触があるのに、見上げた顔はどこか頑是《がんぜ》なく見える。

「お前の伴侶が、かわり身になってしまったから、だから俺に殺してくれなんて言うのか？　そうやって償いたいってこと？　でもそんなことしちゃダメだ。お前にも家族がいるんだろ？」

必死に言い募っても、青月の眼は悲しげに揺れているだけで、比呂の言葉の意味が分かっているのかさえ、読めない。

（困った。どうしよう。青月は相当、弱ってるんじゃないか……？）

散々危険だと言われ、力の強い神だと聞かされ、祟り神になりかけていると脅《おど》されて構えていた警戒心が、哀れみと心配で、いつの間にか崩れていく。

「家族」

ぽつりと呟かれ、比呂は「そうだよ。お前の眷属」と頷いた。

「お前のお社《やしろ》は、参拝客もたくさんいる、大きな神社なんだろ？　お前はたくさん愛されてるはずだ。それに、伴侶も何人もいるんじゃないのか？」

藤から聞いたことを思い出して言うと、青月は所在なげな眼になった。

「……伴侶はもうおらぬ。あれが死んでから、みな、里に戻した」

比呂は失言だったな、と感じた。

あれ、というのはかわり身になって死んだという伴侶のことに違いない。辛いことを思い出させたのかもしれない。けれどとにかく、死にたいなどという言葉を撤回させねばと、思考を巡らせる。

「で、でも、眷属と参拝客は、お前を愛してくれてる。そうだろ？　だからお前は、そんなふうに強い神気を保ってられるんじゃないのか？」

「……愛」

そう、愛だよ、と比呂は繰り返した。

少し前、海辺で狗神から聞いた話を思い出す。神の命の核は、愛情だと狗神は話してくれた。情があれば祟り神に堕ちることはない。

 青月の中にあるだろう愛情を、比呂は確認するように続けた。

「愛してくれる人たちを悲しませちゃいけない。今そばにいる人たちを、ちゃんと見て。その人たちのために、死んじゃダメだ」

「愛とはなんだ？」

言葉を重ねていた比呂は青月の、静かな、真っ直ぐすぎる問いかけに黙ってしまった。

……愛とは？

そんなことを訊かれても、どう答えればいいのか分からなかった。あまりに哲学的で、そして考えたこともないものだった。

たとえば比呂は狗神を、藤を、茜を心から愛していると言えるけれど、それがどういうものなのか、なぜ愛しているのかは考えたことがない。とても自然に、ありのままに、愛は心から溢《あふ》れてくる。時にはそのせいで、不安になるほど——。

それに、人間などはるかに超越した、二千年も生きている神様に愛について訊かれるとは、予想だにしていなかった。あの狗神でさえ、幼いところは多いものの愛とはなんだ、と訊いてきたりはしない。

むしろ狗神は情の深い神で、愛についてとてもよく知っているように見える。

それなのに、狗神によく似た青月は眉一つ動かさず、「愛とはなんだ？」と訊いてくる。

「……愛がなにかなんて、俺も上手《うま》く言えないけど、お前の……そのかわり身になってくれた伴侶は、お前を愛してたんだろ？　お前もその人が、好きなんだろ？　だから、死にたいなんて思う。そうじゃないの？」

「そうなのか？」

訊き返され、比呂は口をつぐむ。青月は暗青色の眼を、訝《いぶか》しげに細めている。

「そうなのだろうか？　……分からない。私はあれの顔も、名前も覚えておらぬ」

「え……？」

思いがけない言葉に、比呂は戸惑った。眼の前の青月も、それに呼応したように戸惑った顔をしていた。

「そなたが言うのならそうなのか……私の記憶を、見てくれないか。あれが愛なのかどうか、確かめてほしい……」

自信なさげに言う青月に、比呂はよく分からないまま頷いていた。

気がつくと再び手をとられ、優しく引かれていた。ハッとしたその時、右手に握っていた提灯が煙のように消えてしまう。

（……あっ、ヤバい。俺、今、行くって言ったことになるのかも——）

背筋に悪寒《おかん》が走り、顔をあげたその時、比呂はもうつい先ほどの池端にはいなかった。

そこは鬱蒼《うっそう》と木々の生い茂る、深い夜の森に変わっていた。


（ここ……どこだ？）

見覚えのない森に、比呂はあたりを見回した。丈の高い巨木が立ち並ぶ薄暗い森だ。ひんやりと冷えた空気。苔《こけ》むした匂い。狗神の神域である深山の森とはまた違う、空を覆うほどに枝を伸ばした、立派な広葉樹がいくつも生えている。

「……ここは私の森だ。私の本来の姿が、あそこにある」

隣から聞こえてきた声に、比呂は振り向いた。右手に冷たい感触があり、ようやく、青月に手を繋がれていたことを思い出した。

「お、俺、原初の神様の土地から……お、お前の神域まで移動して来ちゃったの？」

どうやって帰ればいいのか、狗神にもう会えなくなったら、と思って青ざめると、青月が「いや、これはただの幻だ」と答えたので、比呂は少しホッとした。と、眼前に、楠の大樹がそびえるように立っているのが見えた。

「これ、お前……？」

答えを待たずとも、そうだと分かった。

大岩を抱くようにして地を這《は》う長い根、何人がかりで手を回せば測れるのか、想像もつかないほど太い樹幹、うねるように広げられた枝と深緑の葉――狗神の本体である大楠も大きいが、青月自身はそれよりも一回りは大きな楠だった。まるで、城のようだ。

あまりの大きさ、見事な樹形に、畏敬の念が湧《わ》いてくる。言葉もなく佇んでいたら、不意にあたりの様子が変わった。

深い森が消え、かわりに石畳と鳥居、小さな武家屋敷、そして神社の本殿が現れた。本殿の奥には、岩を抱いた青月の木がそびえている。空は晴れ、時刻は昼頃のようだ。

「ここ、お前の神社？　神社の中に屋敷があるけど……」

「五百年前の私の社は、この土地一帯に勢力を持っていた豪族が建てたのだ。屋敷は、その主のものだ」

隣に立つ青月が、表情一つ変えずに言う。他人事のような物言いに違和感を覚えていたその時、本殿のほうから「大楠様！」と声があがった。

大きな兜《かぶと》をかぶった武将らしき男を筆頭に、具足姿の男たちがしめ縄を巻いた青月の木の前に跪《ひざまず》き、必死の形相で祈っているところだった。

「どうぞお助けを。敵軍に天罰を……っ」

屋敷の周辺は異様な空気だった。城門と言ってもいい、堅牢な門がしっかりと閉じられ、あたりは血なまぐさい臭いがし、埃《ほこり》っぽく、兵たちは薄汚れている。ぼろぼろの着物の上につけた具足も、どこか頼りなく見えた。五百年前といえば、戦国の時代だ。日本のあちこちで賊が増え、競り合いが続いていた時。歴史の教科書に載るような大きな戦《いくさ》もいくつもあった時代だが、当然、小さな戦も数多くあっただろう。

知っている知識を総動員して、比呂は今いる場所が戦の最中だと思い至る。しかも彼らの様子から見るに、状況は劣勢らしい。

比呂と青月はご神木の前に立っていたが、祈りを捧げる兵たちは、それに気づいていないようだった。自分を信仰する民人が、必死になって懇願しているのをどう見ているのだろうと振り向いたら、青月は尾も耳も動かさず、石のように冷えた眼差しで兵たちを見つめている。

その他人事のような様子に、胸の奥がゾッとする。

もしこれが狗神なら――と、比呂は考えた。今でも毎日のように神社へ出向き、参拝客の願いをなるべく聞いている狗神だ。過去のことであるならなおさら、きっと心を痛め、苦渋の表情を浮かべるに違いなかった。

「……こんなに祈られてるのを見て、お前、なにも思わないのか？」

つい、比呂は口に出していた。青月はちらりと比呂を見ると、

「神は、人間同士の戦に手を出してはならない決まりがある。私自身が害されれば別だが……それでも務めは果たしている。この時は……そう思っていた」

と、独り言のように呟いた。

その時城門から、腹に響くような轟音《ごうおん》が聞こえてきた。

「開けろ！　開けねばぶち抜くぞォ！」

城門の向こうから、誰かが怒鳴っている。敵軍が迫っているのだろう、祈っていた武将と兵が色めきたって立ち上がり、「門を押さえよ」「大楠様を守れ」と怒鳴りだす。屋敷の敷地に避難していたらしい女や子どもが泣き出し、奥へと逃げていく。けれど轟音は鳴り止まず、やがて木造の門は閂《かんぬき》ごと、太い丸太にぶち破られて崩れた。

雪崩《なだれ》を打って駆け込んできた多勢の敵兵に、比呂は思わず恐怖で縮こまる。

「大楠を倒せ！　やつらに思い知らせろ、我らは神など恐れてはいないとな！」

敵の武将が叫び、数人の兵たちが斧を持って青月に迫ってくる。比呂は気がつくと、

「やめろーッ！」

と叫んでいた。けれど斧は振り上げられ、鋭い一打が巨木の樹幹に突き刺さった——。思わず口元を押さえ、叫びにならぬ叫びを発した比呂の頭上に、突如暗雲が立ちこめた。

「なんだ？　雷雲だ。落雷するぞ！」

「神の祟りだ！」

「構わぬ、その木を伐れ！」

人々の怒鳴り声が交錯《こうさく》し、斧は数度、青月の樹幹へ打ち落とされた。けれど太い幹に大きな亀裂《きれつ》が入った次の瞬間、青白い稲妻が、斧を持っていた男の手に迸《ほとばし》った。

男は金切り声をあげて飛び退る。祟りだ、退《ひ》け、神の怒りだ、という声があちこちからあがり、潮がひくように敵軍がいなくなっていく。

（……た、助かったのか？）

比呂はその場に、崩れ落ちるようにして座っていた。恐怖にどっと汗が出てきて、心臓が嫌な音をたてている。地面に手をつき、鼓動を落ち着けようと息を吐き出す。そうして、見た。

いつの間にかそこは、神社の境内《けいだい》ではなくなっていた。薄暗い、どこかの板間だ。

比呂は、血の海の中にしゃがみこんでいた。

赤い鮮血が、とくとくと流れてきて比呂の手を染める。

獣の腐ったような、ひどい臭いに吐き気を催す。

震えながら視線をあげると、眼の前に、人間が一人、血まみれになって寝転がっていた。

背を向けているから、顔は見えない。細いうなじに髪がかかっている。その肩の線と着物から、比呂とそう年の変わらない青年だと、分かった。


——青年は、死んでいた。

分かった刹那《せつな》、頭のてっぺんからさあっと血の気がひき、恐ろしさに、喉《のど》が痛むほど嗄《か》れていく感触を覚えた。

床についていた手を放すと、赤い血がべっとりとついている。

「ひ、人が……青月、人が、死んで……死んでる！」

震える声で訴え、比呂は隣に立つ青月を見上げた。青月は静かな面持ちで、床に転がる青年をじっと見つめていた。

「……私の伴侶だった男だ」

呟く声は、自分で言いながらもそのことを信じていないように聞こえてくる。

「私のかわりに斧の傷を受けて、血を流しすぎて死んだ。顔は、覚えておらぬ……」

もう一度比呂が青年に視線を戻した時、砂で作った城が波にさらわれた時のように、彼の体は瞬く間に崩れ、消えていった。

あとには血も、骨もなくなっていた。比呂の手を汚していた血も消えて、見知らぬ屋敷の板間がどこまでも続いている。それだけになっている。

「あの日もこうして、これの死んだところを見たのだ。……神のかわり身になった者は、魂すら残さず消えてしまう。名前も知らなかった。一度か二度、抱いたらしい……私は、興味もなかった。だからなぜ、あれが私のために死んだか、分からぬ……」

訥々《とつとつ》と語る青月の声の語尾が、わずかに震える。

「分からぬ……時を経ても、私を参拝する者は変わらずいる。だが、誰も彼も、あれのようには私を想うておらぬらしい。それだけは分かる。そうして私は気づいた。私は、長い間、愛されていたことに気づかなかったのだと」

生まれ落ちた時から、多くの信仰篤い人々に恵まれ、気がつくと眷属も伴侶も増えていた。愛について考えたこともなく、ただ与えられるまま当然のように受け取っていたのだと、青月は話した。

「私が考えたわけではない……そうだと、東雲《しののめ》が言ったのだ。私には、人の情が分かっておらぬと。そうかもしれぬと私は思い、すると、すべてが空しくなった。なぜあれは、私のために死んだのだ？　私は愛していなかったのに……」

話しながら、青月の眼が虚ろに変わっていくのを、比呂は感じていた。追い詰められたように、青月は小刻みに震えている。

「あの者が哀れだ。私のために死んだのに、私はなにもしてやらなかった。……私は生きている意味があるのか？　私に祈る民人も、眷属も、今はすべてが煩《わず》わしく、重たい……だからそなたの話を聞いた時、会いたいと思った」

空を見つめていた青月が、比呂を振り返り、ひたと視線を合わせてきた。暗青色の瞳にすがるような色が浮かぶ。

「そなたに殺されたい。かわり身になれるほど神を愛しているそなたに、殺してほしい。せめてそれが、あの者への報いになる」

比呂の手の中には、いつの間にかまた、神殺しの太刀があった。

じっと見つめてくる青月の顔に、ほんの一瞬だけ、狗神の顔が重なった。

まるで比呂を失ったあとの狗神に、「殺してくれ」と言われたような――そんな気がしたとたん、抑えようのない怒りが湧き上がってきた。

「この……バカ！」

気がつくと、眼の前の青月の頬を思い切り平手で打っていた。

神様をぶった。しかも、二千年を生きる尊貴な神を。祟り神に堕ちようとしている恐ろしい神を。

けれどそんなことは、もうとても考えていられなかった。

「死んだ伴侶のかわりに、俺に殺されたいって、そんなこと、その人が望んでるわけないだろ……っ？　なんのために自分が死んでまで、お前を生かしたんだよっ」

青月に言いながら、比呂はまるで、狗神に言っているように錯覚した。

もし自分が死んだら――狗神も、青月と同じようなことを思うのではないだろうか。死にたいと、殺してくれと、誰かに言うのではないか。比呂はそう思う。

そう思うと怒りはこらえがたく、胸の中に突き上げてくる。

頬をぶたれた青月は、ぽかんとした顔で、比呂を見下ろしている。

「その人がなんであんたを愛したのか、そんなことは知らないよ。でも、俺がその人なら、きっとこう思う。自分のことは忘れられてもいい。あんたには幸せになってほしい。他の誰かを愛して、生き続けてほしいって。自分のせいで死んでほしくなんかないって！」

相手が神であることも忘れ、比呂は青月の二の腕をぎゅっと摑《つか》んだ。

「死にたいなんて考えたら、その人が悲しむ。少しでも後悔してるんなら、今からでも遅くない。周りの人たちを大事にして、自分が幸せになることを考えて。それに俺だって、お前に死んでほしくなんかないよ」

言葉の最後は、諭すような、お願いするような口調になった。矢継ぎ早に言葉を連ねたせいで、言い終えたあとには息が切れていた。感情が昂《たか》ぶり、泣きたいような気持ちになっている。

生きてほしい。たとえ自分が死んだ後でも。

そう伝えたいのは青月というよりも、たぶん狗神にだと、比呂は気づいていた。自分は青月に、狗神を重ねている。

「……それに、そうまで思い詰めて後悔してるんなら、お前の中にはちゃんと情があるんだ。

これからはちゃんと、誰かを愛せる。そうだろ？」

比呂を見下ろす青月は、毒気を抜かれた後のような、どこかあどけない表情をしている。やがて「そなた……」と呟いた。

「名は、比呂だったか？　良い名だ……比呂。比呂……」

どうしてか青月は口の中で何度も比呂の名前を転がした。そうして少し眼を細めると、

「比呂は、優しい、愛らしい顔だな」

と言って、今になってやっと比呂をまともに見たように、顔を近づけてきた。

清々しい緑の匂いが近づいてきて、慌てて離れる前に、両手を握られていた。冷たい手からは狗神と同じような力強さが伝わり、青月の細められた瞳は、このうえなく美しかった。

「あれの顔は、比呂に似ていたかもしれぬ。……比呂を愛したい。比呂なら、愛せる気がする。比呂に愛されたら、私は救われる。私のものになってくれ」

突然の告白に、比呂は頭から雷を浴びせられたように驚き、呆然と立ち尽くしてしまった。

――私のものになって？

（それってなに？　俺、伴侶になれって言われてんの……？）

思い当たったとたん、比呂は焦り、「ちょ、ちょっと待って」とあとずさった。けれど強く手を握られていたので、逃げきれない。

「あのさ、伴侶になれっていうことなら、それは無理だよ。俺は狗神の……月白の伴侶なんだ。

友達でいいなら、なれるけど」

「私と月白を比べて、月白をとるのか？　なぜ？　どうして？」

　初めて感情らしい感情を見せ、青月が眉を寄せた。不機嫌そうに、大きな耳を伏せる。

「比べるとかじゃなくて、俺はあいつの伴侶なの。あんたのことは嫌いじゃないけど……大体、どうして俺？　会ったばかりだろ？」

「比呂は私を、叱ってくれた」

　困惑し、迫られ慣れていないぶんどぎまぎとして訊くと、青月は即答した。

「私に死んでほしくないという。私の中に、情があるとも言ってくれた。そんなふうに言われたのは、初めてだ。東雲が言っていた。口うるさくするのは、情があるからだと……それとも比呂は、私に情がないのか？」

「それは……そんなことはないけど」

　比呂は口ごもり、困った。

　情がないか、と訊かれればそんなことはなかった。現に狗神に似ていることもあり、比呂はこの少しの時間で青月に同情を感じている。けれどその情があるからといって、伴侶になれるかといったら別問題だ。

「でも青月、お前にはその、今言ってた東雲？　とか……他にも、大事な人たちがいるだろ？」

そう言っても、青月には響いていないようだ。

「東雲は、家にいる眷属だ。私が神だから、私に仕えているだけだ」

「でもそれは、お前が好きだからだろ？　月白の世話係の藤も、口うるさいけど、すごく月白を大切に思ってるし。同じはずだよ」

青月は納得していない顔で、黙り込んでいる。比呂は自分の言葉が通じていないような気がして、やきもきしながら言葉を重ねた。

「友達にだったら、俺にもなれるよ。大事な相手は伴侶でなくても、友達でもいいんだ」

諭しながら、青月とのやりとりになんとなく違和感を感じ始める。

――どうして自分は、こんなに年ふりた神を、説得しているのだろう？

（まるで……聞き分けのない子どもに言い聞かせてるみたいに――）

二千年を生きてきた神のイメージと、眼の前の青月がつながらない。友達になろう、という比呂の言葉に青月は眉を寄せ、「いやだ」と呟いた。

「それでは、比呂は月白の家に帰ってしまう。私の屋敷にはいてくれぬのであろう？　私が会いたい時に会えない。それではいやだ」

比呂は一瞬、呆気《あっけ》にとられて青月を見つめた。

見かけだけなら狗神以上に大人びて、物静かな風貌《ふうぼう》をしている青月が、子どものようにすねた顔をしている。

「……俺きっと、狗神を説得して、会いに行くよ。な？　次の宴でも会えるだろうし」

比呂はできるだけ優しい声を出したが、青月はいじけたように眼をそらしている。

「そんなには待てない。いやだ。比呂が来てくれないなら、私は死ぬ」

比呂はぎょっとした。どう言えば青月が納得させられるのか分からず、思わず握られていた手をぎゅっと握り返す。

「死んじゃ駄目だ。俺はお前に死なれたくない。そう言ったろ？　なんで分からないんだ」

半ば腹が立って言うと、とたんに青月がパッと振り返って、

「分かった。比呂が言うなら死なない」

と、あっさり意見を変えてしまった。

その口調はなんというのか、静かでありながら、どこか幼い子どものように素直であどけなく、比呂はまた驚かされた。大きな耳も、叱られた言葉をちゃんと聞いている、とでも言うようにぴくぴくと動いている。

（……青月は、もしかしたらすごく無邪気なのか？　見た目よりもずっと子どもなの？）

ふと、そんな気がしてくる。

（いや、狗神だって幼いところはある。……我が儘《まま》で、お殿様で、俺より子どもっぽい時も。だけど、青月の幼さはなんだか――）

狗神の子どもっぽさとは違う、青月の稚《いとけな》さにはなぜか危うさを感じ、比呂はしばらくなに

も言えなくなった。

簡単に死ぬと言い、死ぬなと言えばやめると言う。

しかもどちらも嘘ではなく、本気で言っているように見える。

屋敷に残っているであろう眷属たちや参拝客のことなど、ちらりとも浮かんでこない様子の青月に、単純に心が弱っている時だからなのか、それとももともとからの性格なのか、と比呂は疑問を感じた。

「私は比呂の言うとおりにする。だから、私の言うことも一つきいてほしい」

「そりゃ……できることならなんでもしてあげるよ。でも、伴侶になるのだけは無理なんだ。俺は狗神のそばにいなきゃ……」

どうして、とまた眉を寄せる青月に、比呂はむしろ、どうしてと問われる意味が分からなかった。

「だって、当たり前だろ。俺は狗神を……それこそ、その、愛してるから」

愛してる、と言う時には恥ずかしくて、比呂はしどろもどろになる。そんな比呂の反応も言葉も理解できないように、青月が子どもじみた仕草で、首を傾げた。

「愛……では、愛とは不安と恐怖のことなのか？」

問われて、比呂はその言葉の取り合わせに訝しい気持ちになった。

「月白は比呂がいることで、恐怖に囚われているように見える。離れていても、私を近づけまいとする月白の不安が伝わってきた。……月白は苦しんでいるのではないのか？　それともそれが、愛なのか？」

月白は、比呂がいることで苦しんでいる。

言われたことが、ずっと自分の不安でもあっただけに、比呂は言葉を失ってしまう。

「比呂がいなかった頃のほうが、月白は落ち着いていた。不安を感じたり、苦しんだりもせず、人間たちを遠くから眺めて、満ち足りていた。月白の眷属を戻し、比呂が屋敷から出ていけば、前と同じ月白に戻るだろうに、それでも月白には、比呂が必要なのか？」

――狗神には、自分が必要か。

青月の疑問が、刃のように胸を刺す。

同じ問いかけを、比呂は自分の心に何度もしてきた。

自分がいないほうが、狗神は幸せだったのではないかと。

もしも狗神が二度目、下界にいた比呂のところへ来てくれた時。伴侶になると言わなかったら、狗神は別れたあとしばらくは落ち込むだろうが、やがては忘れてそれまでどおりの日々に戻っただろう、と。

それに、と青月が言葉をつなぐ。

「比呂が愛しているのは……月白だからなのか？　比呂は、先に私と会っていれば、私のことも愛してくれたはずだ」

比呂はすぐに、そんなことはないと否定できなかった。それはそうかもしれないと思ったし、それよりもずっと心の奥に抱えてきた不安が、白日の下にさらされたような、そんな気持ちになっていたせいだ。

「比呂」

不意に青月は哀れげな声を出し、自分の着物の打ち合わせを緩めた。青月の真っ白な左胸には、赤黒く、禍々しい紋がある――。

それは青月が心の傷から流した血の痕《あと》だ。

青月は深く傷ついている。出会った頃の狗神が、同じようにつけていた傷を思い出すと、比呂の胸はきつく痛んだ。狗神の傷を初めて知った時と同じ助けになりたい気持ちが、今は青月に対して湧いてくるのを止められない。

「私は比呂がほしい。初めて人の名前を覚えた。私は言うことをきくのに、比呂はきいてくれないのか？　なぜ？　私は、神なのに」

何度も同じ願いを繰り返す、青月のあまりの真剣さに、比呂は息を呑む。

「月白のことはもう救ったのだから、私のところに来てほしい。……比呂は、私でも愛せるはずだ」

違う。青月は狗神ではない。けれど声が出なかった。

傷を見せられ、すがられて、そして狗神には、もう比呂は必要ないはずだと言われると、自分でもどう答えを返すべきか咄嗟《とっさ》に迷った。

(最初に出会ったのが青月なら? 俺は、どうしただろう——)

狗神ではなく、青月を選んだのだろうか?

その疑問に囚われた瞬間、すぐ後ろから低く、山鳴りのような声がした。

「それで、どう答えるつもりだ? 青月のものになる、と言うわけではあるまいな?」

聞き覚えのある声に、安堵《あんど》するよりも身構えた刹那、比呂の腕は力任せに引っ張られていた。

青月の手がはずれ、自由になったと思うと、だだっ広い板間の空間が消え、そこは青白い月に照らされた元の池端に変わっていた。変わっていたというより、むしろ、戻っていた、と言うべきか——比呂の手を引いているのは、狗神だった。

「月白か……」

青月が、薄く眼を細める。比呂の頭上で、狗神が「青月」と唸《うな》った。喉の奥で、グルグルと獣じみた声を発している狗神の顔は怒りに染まり、牙《きば》を剝《む》き出しにしている。耳をたて、九本の尾を逆立てて、狗神は比呂の肩を抱き寄せる。

「いくら恩義のある貴様でも、私の伴侶に手を出すのは許さんぞ。祟り神にでもなんでも堕ちて、くたばるがいい!」

狗神が怒鳴ったとたん、足元で風が逆巻き、池面が激しく波打つ。けれど青月は、わずかに眉を寄せただけだった。

「お前はたまたま、先に会っただけだ。もう救ってもらったのなら、なぜ私にも、比呂を貸してくれぬのだ……？」

「なんだ、その言い方は！　物ではないのだぞ！」

狗神の言葉に、比呂はハッとなった。そうだ、どうして青月は簡単に、言うことをきいてほしいと言うのだろう。まるきり、狗神への比呂の感情を理解していないような様子だった。

狗神の指に力がこもり、比呂の肩に食い込んでくる。青月への違和感はますます募っていたが、それよりなにより、ここでケンカをさせてはいけないと比呂は狗神の腕を握った。

「狗神、待って。青月は悪気があるわけじゃない。ただ悩んでて……」

「黙れ比呂！　貴様、私を騙《だま》したばかりか、こいつの肩を持つというのか！」

怒号に、空気さえもびりびりと振動するようだった。比呂は体を縮めてしまう。

と、上空で暗雲が渦巻き、ごろごろと雷の鳴る音がした。同時に大地がぐらつき、池面がその振動に波立つ。

「……原初の神がお怒りだ。この地で争いはするなとな。母のために、今はおさめてやる。二度目はないと思え」

唸り声とともにそう言う狗神に、比呂は片腕だけで、軽々と抱き上げられた。そして気がつくと、跳躍した狗神に連れられて、虚空へ舞い上がっていた。

狗神の体は巨大な狼の姿に変わり、比呂は慌ててその背中にしがみつく。下を見ると、一人取り残された青月の姿が見える。つい昨夜、藤に連れられて比呂が去った時と同じ、見捨てられた子どものような顔をしている。

「比呂……っ」

不意に青月がそう叫び、振り返ると数歩追いすがってくる姿が見えた。

「比呂……待ってくれ。私を助けて……私と、来てくれるだろう？」

哀れげに言う声が、比呂の耳の奥にこだまし、すぐには消えてくれなかった。

八

「支度をしろ！　今すぐここを発つ。屋敷に帰るぞ！」

部屋に戻るなり、人姿になった狗神《いぬがみ》が怒鳴り散らした。茜《あかね》はおろおろしていたが、藤《ふじ》のほうはきわめて冷静で、音もなく立ち上がって奥の部屋に荷物をまとめに行く。

「ちょっと待って。なんの相談もなくもう帰るって……宴はあと四晩あるだろ？」

慌てて言ったとたん、鋭い眼差しで睨《にら》みつけられ、比呂《ひろ》は怯《おび》えて体を硬くした。

「貴様、私の言ったことを忘れたか？　青月《あおつき》には関わるなと言ったはずだ。それを貴様は破った。しかも、鈴弥《すずや》と八咫《やた》を使って私をだまくらかしたのだ」

「……あ、あの二人は、俺が頼み込んだからで、悪くないよ」

「ああそうだ、悪いのは貴様だ、比呂！」

狗神の激昂《げっこう》に、部屋の梁《はり》という梁が震えた。さすがに怖かったけれど、比呂は退かなかった。自分にだって、それなりの言い分はあるつもりだからだ。

「でも、青月のところにお前の眷属《けんぞく》がいるんだろ？　だから俺は青月と話したんだ。それに青月は伴侶《はんりょ》を死なせてて……動転してた……」

そこまで言ったものの、それがお前に重なって、とは言えずに言葉を飲み込んでしまう。狗神のほうはますます激し、怒鳴り散らした。

「動転して、憐《あわ》れだから、貴様が伴侶になってやろうというのか⁉　私には、青月のところに預けた眷属さえ戻せば大丈夫だと⁉　ふざけるな、やつが言ったとおり、会ったのが先なら、貴様は相手が私でも、青月でもよかったというのだな！」

「そんなんじゃない！　そんなわけないだろ」

自分でも思った以上に焦り、比呂は弁解した。けれど狗神が「ならばなぜ」と呻《うめ》くように続ける。

「ならばなぜ、すぐにそう答えなかった？　青月に同じことを問われた時、お前は答えるのを躊躇《ためら》った。なぜだ？」

なぜ――？

比呂はなにか言おうとして、言葉が口の中で乾いていくように動揺し、黙り込んだ。

なぜ、青月に「先に出会ったのが青月なら、比呂は青月を愛したはずだ」と言われて、すぐになにも言えなかったのか。それはその通りだと思ったからではない。

頭の隅に引っかかっているのは、それより前に青月に言われた一言だった。

――では、愛とは不安と恐怖のことなのか？

月白《つきしろ》は比呂がいることで、苦しんでいる。月白にはもう、比呂は必要ないのでは？　青月はそう言ったのだ。伴侶を失って闇に堕《お》ちかけているという青月に、比呂は狗神を重ねている。自分が生きている間はまだしも、もしまたなにかがあって死んでしまったら——狗神はどうなるのだろう？

その不安が、かわり身の伴侶を喪った青月を前にして、急に現実味を帯びた。青月を救えなかったら、狗神を救うこともできないのではないか。そんな気さえした。

「比呂、なぜなにも言わぬ」

狗神の声が、怒りになのか不安になのか、低く震えている。その顔は歪《ゆが》み、美しい金の瞳に比呂に対する苛立《いらだ》ちが浮かんでいた。

「……すぐに返事しなかったのは……青月でもよかったとかじゃなくて、そうじゃなくて、ただ、俺はずっと、ずっと後悔を……」

弁解せねば。自分の気持ちをきちんと伝えて、狗神の不安と誤解を取り除かねば。

そう思うのに、まるで喉《のど》がなくなってしまったように、比呂はそれから先を口にできなくなった。

——言ってはいけない。言うのが怖い。言ったら、狗神を傷つける。

（後悔してた。お前がもう一度会いに来てくれた時、一緒になりたいって言ったこと。怯えてるお前を見てるのが、辛《つら》くて。お前が、俺といても幸せじゃないんじゃないかと思うと——怖くて……)

伴侶となって、下界の時間でいえば三年半。

楽しいことはこれまでにもたくさんあったし、これからもきっとある。けれどいつもどこかで不安で、薄氷の上を歩いて暮らしているように感じてきた。

幸せだと口では言いながら、本当には幸せではない。そうと思い知るのが、怖い。それ以上に、狗神が気づいてしまったら怖い——比呂といても幸せではないと。

狗神に、そう思われるのが辛いのだ。狗神に、自分を伴侶としたことを、後悔されるのが辛い。

(……結局、俺は自分が狗神を失うのが、怖いんだ)

互いが抱えているすれ違いの、その大本がなにか言えないのは、狗神を傷つけるからだけではなく。

口にすることで、「一緒にいて幸せ」なはずの二人の関係が、大きく変わってしまうことを恐れているからだ。互いに知らないふりをしていればごまかせることも、さらけ出せば無視できなくなる。

声が喉に張りついたように出てこず、結局、比呂はべつのことを口にした。

「青月は、お前の古い知り合いで、眷属を預かってくれた恩人でもあるんだろ? なのに放っておくなんて……眷属は、返してくれるって言ってるし、ちゃんと話をすれば……」

話すうちに、狗神の眼に失望が映るのを感じた。

「よく分かった。貴様は、やはり青月でもいいということだ。私といる理由が言えないから、そんなふうにごまかすのだ。原初の神に暇乞《いとまご》いをしてくる」

きつい口調で言い、狗神が踵《きびす》を返す。比呂はこのままでは本当に屋敷に連れ戻されてしまうと、急いで狗神の袖《そで》にすがりついた。

「狗神！　お願いだから俺の考えも聞いて。俺は青月でもいいなんて思ってない。それは信じて。眷属を取り戻したいのだって、お前のためで……自分たちさえよければいいとか、今がよければなにも変えなくていいとか、そんなふうに思いたくないんだ。お前なら、青月を助けられるんじゃないのか……っ？」

振り向いた時、狗神の顔は怒りで紅潮していた。「貴様は……」と唸《うな》り、それからすぐに荒々しい声をあげた。

「貴様は……私がどれほど我慢をしているのか分からぬのか!?　人の身で嫁いできた貴様が不自由せぬよう、どれだけ譲ってやっているか！　私は宴に連れてきた。鈴弥と八咫と話すことを許した。屋敷の中や神域を、自由に行き来することも許している。本当は閉じ込めて、誰にも会わせず、話もさせぬこともできるのだ！　許してやっている私の温情を、貴様はなにも分かっておらぬ！」

激しい怒鳴り声は、地鳴りのように響く。

それは恐ろしかったが、けれど比呂は、許してやっている、と言われて、恐れるよりも信じられない気持ちになった。

なぜ、許されねばならないのだと思った。一方的な押しつけに、怒りが湧《わ》いてくる。

「……許すってなに？　閉じ込めるってなに？　俺はお前に許されないと、なにもしちゃいけないわけ？　そこまで、俺って信用ない？　俺とお前は対等じゃないの？」

三年半の間、そんなふうに思われていたのかと思うと、自分でも驚くほどのショックを感じた。互いに支え合い、対等にやってきたと思っていたのに——。

「俺は自分でお前の伴侶になった。強制されたわけじゃない。だから誰と話すのも、どこに行くのも、自分の意志で決める。青月のことだって、力になりたいと思う俺の気持ちは自由だ！」

「そうまで言うなら、本当に閉じ込めるぞ！」

「やれよ、そうなったら、俺は本当に青月のところに行くから！」

売り言葉に買い言葉だった。

本気で言ったつもりはなかったが、狗神の言葉が許せないのも事実だった。

瞬間、狗神が手を振り上げて比呂は頬《ほお》を打たれていた。鋭い痛みに、眼の前に星が散る。脳《のう》震盪《しんとう》を起こしたように頭がくらくらして、比呂は数歩よろめき、摑《つか》んでいた狗神の袖を放した。

数秒後、痛みが鈍くなるまで、比呂は動けなかった。

打たれた頬に手で触れる。のろのろと顔をあげると、乱れた前髪の間に、呆然《ぼうぜん》とした顔の狗神が見えた。

「……貴様が、あまりに分からぬことを言うから」

かすれた声で呟《つぶや》かれ、比呂は狗神が傷ついてるのだと感じた。そう思うと、打たれた頬よりもむしろ、心のほうが痛む。

狗神が口をつぐみ、部屋の中には張り詰めた沈黙が広がる。

いつの間にか茜はいなくなっており、隣の部屋からすすり泣く声が小さく聞こえてきた。かわいそうに、茜は比呂と狗神の諍《いさか》いを見て、自分たちよりもっとずっと傷ついているだろう。

(行って、慰めてやらなきゃ……大丈夫だよ。いつものケンカだから、心配するなって、茜に言ってやらないと——)

そう思うけれど、足が動かない。

狗神は比呂を打った手を、何度も緩く握り、また開いて、落ち着かなさそうにしている。左胸にじりじりと焦げ付くような痛みがあり、ふと目線を下げると、着物の打ち合わせの奥、心臓の上に赤い紋様が浮かび上がってくるのが見えた。これは狗神の心の傷だ。狗神の胸にこの傷が浮かんだから、比呂の胸にもうつってきたのだ。

出会ったばかりの頃、狗神の胸にはこの紋様がいくつもあった。比呂はそれが辛くて、この傷を消したいから一緒にいたいと思ったのに、今は比呂が、狗神に傷をつけている……。

「お前、幸せ……？」

気がつくと、比呂は小さな声で訊《き》いていた。

──俺といて。

けれど、そう付け足すことはやっぱり、できなかった。

狗神は答えず、廊下のほうから藤が部屋に入ってきて、「旦那様」と声をかける。

「今、母に、別れの挨拶《あいさつ》をしてくる」

押し殺したような声で言い、狗神は比呂に背を向けた。結局そうなるのか、と思うと、比呂の胸の中にやり場のない気持ちが浮かんでくる。

（やっぱり、俺の考えは聞いてくれないの……）

狗神を傷つけたことは分かっていながら、納得できないためにモヤモヤがわだかまり、比呂は唇を噛《か》んだ。

と──その時だった。

部屋の向こうからバタバタと大きな物音が聞こえてきて、襖《ふすま》が勢いよく開け放たれた。

「月白！　月白、助けるギャ！」

大声とともに転がり込んできたのは千如《せんにょ》だった。烏帽子《えぼし》が脱げかけ、狩衣《かりぎぬ》も乱れ、焦げ茶の顔色が白っぽくなっている。

「千如様、一体、どうなさったのです」

藤が半分怒ったように声をあげた。千如はそれを無視し、いきなり比呂の腕を摑んできた。三本指のひんやりした手で腕を引かれ、比呂は驚いて眼を丸くする。

「千如、貴様、私の伴侶になにを……」

「月白！　伴侶殿を貸してくれギャ！　宴会場で青月が、伴侶殿を捜して暴れているのギャ！　寛大な原初の神がお怒りになる、このままでは青月は、闇堕ちする前に神鳴りに消滅させられてしまうギャ！」

眼を剝《む》いた狗神の言葉を遮《さえぎ》り、千如が息もつかずに叫んだ。

とたん、どこからか獣が唸るような音が聞こえてきて、空が暗くなった。開いた障子から冷たい突風が吹き込み、その場にいた狗神や比呂、藤や千如の着物が風をはらんでバタバタと音をたてる。部屋の灯という灯が立ち消え、天井や柱がみしみしと家鳴りをあげる――。

青月が消滅させられる。比呂に会いたいと暴れ、原初の神の怒りを買って。

耳の奥へ、「比呂」と名を呼んで追いすがってきた青月の、切ない声が蘇《よみがえ》ってきた。比呂は無意識に、千如の腕を取り返し、身を乗り出していた。

「俺、青月と話をする！　青月のところに連れていって！」

「なにを言う？　そんなこと、誰が許すか！」

数秒の沈黙の後、怒鳴ったのは狗神だった。比呂は二の腕を摑まれ、瞬く間に千如から引き離される。

「月白、頼むギャ。宴の席で神が消えるなど、不祥事もいいところ。青月を招いた我の顔を立ててほしいギャ！」

千如は焦っているようで、腰を低くし、喉の奥でゲロゲロと蛙《かえる》のような鳴き声を発していた。

「狗神、青月は俺を捜してるんだから、俺が行けばおさまるかもしれない。お願いだから話をさせて」

こうしている間にも、宴会場では大変なことが起きているかもしれない。空はいっそう暗くなり、獣の声に混じって遠雷が聞こえだしたので、比呂は焦って狗神に詰め寄った。けれどすぐさま、狗神に鋭く睨みつけられた。

その眼差しはただ怒っているだけというより、むしろ敵意さえ持っているような激しさで、比呂は思わず気を呑《の》まれてしまう。

「藤、こいつを押さえていろ。青月のところへは私が向かう」

命じられた藤はすぐさま比呂の両手をとる。比呂は抱き込まれるようにして藤に押さえられてしまった。細身の藤なのに、その力は狗神にも劣らぬほど強く、比呂がもがいてもびくともしない。けれどいつも冷静な藤も、今は青ざめて狗神を見あげている。

「旦那様、相手は二千歳の神です。正気をなくしているなら尚更、簡単には止められませぬ」

「誰が止めると言った」

思わずというように諫《いさ》めた藤に、狗神がいっそ酷薄なほど平坦《へいたん》な声で返した。

「母の手を汚すまでもない。必要ならば、私がとどめを刺してくれる」

狗神の金の眼が、冷たく底光りしている。

（狗神、まさか……青月を、殺すのか？）

背筋にぞっとしたものが走り、比呂は藤の腕の中でもがいた。

「待って！　狗神、青月と話をさせてってば！」

狗神がこれほど極端なことを言い出したのは、自分のせいだと比呂は思った。ならばよけいに、止めなければ。青月が死んでしまえば、狗神の眷属もどうなるか分からない。

けれど藤は比呂を放してくれず、狗神は歩き出してしまう。千如はおろおろとしながら、

「月白、殺生は、いかん、いかんギャ」

と、弱々しい制止をかけて狗神についていくだけだ。このままでは本当に、狗神は青月を殺すかもしれない——その恐ろしさに、頭の中がひやりと冷たくなった時、千如が「あっ」と声をあげてひっくり返った。

突然、部屋の壁が大きく歪曲《わいきょく》し、天井から床まで、まるで引き裂かれた紙のようにバリバリと亀裂《きれつ》が走ったのだ。そしてその裂け目から、何百、何千にも見える低級の神々がなだれ込んできた。

「原初の神がお怒りギャ！　空間が歪んだギャ〜！」

千如の慌てる声がしたと思ったら、狗神も、比呂も藤もなだれ込んできた神々に巻き込まれ、もみくちゃにされていた。彼らは悲鳴をあげ、泣き叫んで走っていく。気がつくと狗神の部屋は消え、そこは宴会場になっていた。

けれど、宴会場は今や楽しい酒肴《しゅこう》の場ではなくなっており、空は黒々とし、雷雲が渦を巻いて鳴っている。阿鼻叫喚《あびきょうかん》の体《てい》で逃げ惑う神々の向こうに、青銀色の毛並みをした、小山のような狼《おおかみ》が見えた。

それは狗神と同じくらい、巨大な狼だ。尾は十二本あり、その手足と尾の先が黒く、墨染めしたようになっている。長い鼻で、飛びかかってくる神々や逃げていく神々を蹴散《けち》らし、狼は吠《ほ》えている。あれはきっと青月だ。

『比呂！　比呂……！　比呂に会いたい……！』

その時、比呂は逃げ惑う神々に巻き込まれて、藤の腕が自分からはずれているのに気づいた。

「比呂様！」

後ろで藤が声を荒らげ、それに、狗神がハッとしたように振り向く。

けれど比呂には、空に渦巻いている雷雲が白く光り、青月の頭上でバチバチと大きな音をたてはじめたことしか眼に入らなかった。

「青月！　青月、俺はここだ！　暴れちゃ駄目だ！」

神々のなだれをかき分け、比呂は叫んでいた。呼ばれた青月が顔をあげる。比呂の眼と、底光りする青月の、暗青色の瞳がかち合う。

とたん、暗い空を背景に、青月は大きく跳躍した。比呂めがけて、狼の巨体が跳んでくる。恐れおののいた神々が、悲鳴をあげて比呂の周りからひいていったが、比呂は動けなかった。

「比呂、こっちへ来い！」

狗神の焦った声が聞こえたのと同時に、比呂の腰に重い衝撃が走った。とても立っておられず、その場に尻餅《しりもち》をつく。倒れ込んだ震動で、埃《ほこり》が煙のように舞う。

そうして、あたりは突然、水を打ったような静けさに包まれた。

煙がひくと、息を詰めて青月の動向を見守っていた神々から、どよめきが起こる。板敷きの床に座り込んだ比呂の膝《ひざ》の上には、青月が、大きな狼頭を載せていた。

青月はおとなしくなっていた。人なつこい犬のように比呂の膝に頭をすりつけ、十二本の尾を緩く振りながら、甘えるように喉を鳴らしている。

「よ、よしよし、もう暴れたら駄目だぞ」

比呂は今になって、動悸《どうき》が激しくなるのを感じていた。けれど膝に載った頭を優しく撫《な》でてやると、青月からは森の匂いがし、耳は服従を示して、後ろへぺったりと寝てしまう。まるで大きな犬に甘えられているようだ。

上空を見ると、渦巻いていた雷雲はゆっくりと晴れていった。原初の神は青月が落ち着いたことを察したのかもしれない。それにも安堵《あんど》し、比呂はようやくホッとして、強ばっていた体から力を抜いた。

「おい、見たか。あの青狗が、かわり身の伴侶にあやされているぞ」

「東山道《とうさんどう》の月白は、伴侶に捨てられたのか」

周りの神々がひそひそと言い合い、比呂はようやく狗神のことを思い出した。手はまだ青月を撫でながら顔だけをあげると、思ったとおり、狗神は愕然《がくぜん》とした表情で比呂と青月を見つめていた。

「……比呂。今だけなら、許してやる。青月を捨てて、こちらへ来い」

低く、狗神が唸る。そのこめかみには青筋が浮かび、形のいい顎《あご》がぴくぴくと震えていた。けれど比呂はきかなかった。思わず青月の頭を抱え込み、「今は行けない」と、狗神を拒絶した。

とたん、狗神がカッと眼を剝いた。大きな耳が頭上に立ち上がり、九本の尾がぴんと逆立つ。狗神は怒っている。とてつもなく怒っている。大事な相手をこうまで怒らせていることには胸が詰まったが、狗神の怒りが分かるからこそ、比呂は言うことをきけなかった。

「比呂、貴様……」

「だってお前、俺がそっちいったら、青月を殺すかもしれないだろ!」

ついさっき、狗神は藤に向かって、青月へとどめを刺すと言っていた。本気かは分からないが、冗談でもないだろう。けれど青月のためにも、狗神のためにも、そんなことはさせられない。

青月は頭を動かし、甘えて比呂の腹に鼻を押し当てる。神々がざわめき、

「こりゃいい、白狗め、かわり身にまでなってくれた伴侶を失ったらしいぞ」

と、誰かが嗤《わら》った。声のほうを見ると、にやにやと狗神を嗤ったのは熊の神で、あっという間にあちこちから「東山道の月白は捨てられた」「あの伴侶は青月のものになる」という声があがる。

狗神は顔を真っ赤にして震えていたが、やがて、

「そうか……ならばもう、知らぬ」

呻くように一言言って、比呂に背を向けてしまった。

神々が気遣うように開けた道を通り、狗神は宴会場から去っていく。それは予想外の行動で、比呂は内心、しまった、と思った。取り返しのつかないことをしたのかもしれない。焦り、今すぐ追いかけたくなったものの、膝の青月を放っておくわけにもいかない。

少し離れた場所では藤が青ざめ、

「旦那様、お待ちください。比呂様を取り戻さぬのですか」

と叫んで、狗神を追っていく。

(藤……狗神……。どうしよう)

おろおろしているうちに、膝の重みがふっと消えた。

「比呂。私を選んでくれるのだな」

顔を上げると、青月が人姿に戻っていた。

こんな顔もできるのか――というほどの、嬉《うれ》しそうな、あどけない笑みを浮かべて、青月は無邪気に比呂の両手をとる。

「そなたは私と来てくれる。私はいつでも、そなたといられる。そうであろう?」

「青月……、そうじゃない、あの、もう言ったとおり、どうしても伴侶にはなれないんだ。俺は月白の伴侶だから」

あまりに無邪気な笑顔に申し訳なくなりながら言ったとたん、青月は眉《まゆ》を寄せて悲しげな表情になった。

「どうして。比呂は私が嫌いなのか?」

「そんなことはないよ。前も言ったけど、俺はお前には死なないでほしい。生きて、ちゃんと周りの人を大事に思って、幸せになってほしい。その力にもなりたい。だけど伴侶じゃなくて、友達としてしか力になれないんだよ」

「友達はいやだ。よく知らぬが、東雲《しののめ》が、友達は家族ではない親しい相手だと言っていた。家族ではないなら、一緒には暮らせないのだろう?」

青月は顔を歪ませ、いやだと繰り返した。まるで、もっと遊んでいたい、お家に帰らないでと駄々をこねる子どものようだった。

「月白には、他にもたくさん相手がいる。私は比呂だけだ」

比呂は困惑した。思わず、「たくさんいるのは、お前だってそうだろ？」と、呟いていた。

「お前だって、狗神と同じくらいたくさんの人や眷族がいるだろ？　どうして何度も言ってるのに、それを思い出さないんだ。俺がお前のところに行って、そうしたらお前は、俺とどうしたいんだ？　なにができる？　なにをしたいの？　俺だから……俺とだからしたいこと、お前にはあるの――？」

比呂が訊《たず》ねると、青月は眼を丸くし、ぽかんと比呂を見つめてきた。質問の意味が分からないような表情で、所在なげに首を傾げている。

「俺を連れてくことで傷つける、月白の気持ちはどうする？　どう慰める？　自分の幸せのために、他の誰かを苦しめていいのか？」

青月は黙り込み、眉を寄せた。

「……いけないことなのか？」

ぽつりと訊かれ、比呂は「いけないことだよ」と即答した。

「じゃあ……月白がどうしてもと言うなら、またいつか、気が向いたら、比呂を貸してやってもいい」

やがて小さな声で、渋々のように呟かれた答えに比呂は脱力した。

（俺、それじゃ物みたい――）

なんとなく感じていたことだが、青月は力のある、年ふりた神には違いないが、愛情についてとても幼い理解しか持っていない。比呂を欲しがっているのも、恋慕の情とは違うように見える。

「青月、それじゃあ俺は、子どものオモチャと同じだ。それは愛じゃなくて、ただのお気に入り。自分の淋しさを埋めてるだけだよ――分かる？　お前がほしいのは、俺自身じゃない。ただ『かわり身の伴侶』がほしいだけ。伴侶を失って、自分の心に空いた穴を、似たもので埋めようとしてるだけだよ」

言われても、青月には合点がいかないようだ。どこか不可解なものを見るような眼で、比呂を見下ろしている。

「愛って、愛せるかも、じゃないんだよ。気づいたら愛してるものなんだ。でも本当は、愛するって切ないってことだ」

比呂は狗神のことも気になって、つい後ろを振り向く。早く、早く戻らねば。狗神はきっと、自分が青月を選んだと誤解している。そう思うと落ち着かず、なんとか分かってほしくて、比呂は青月の腕をぎゅっと摑んだ。

「お前が前に言ったとおりだよ。愛は不安や恐怖なのかもしれない。だって愛すると、苦しかったり、淋しかったりするんだ。どれだけ想っても、届かないこともある。愛するって、楽しいだけじゃないよ。痛い。胸のところが、きゅーって縮むくらい、痛くて、切ないことがある」

だから狗神は、あれほど不安になっている。比呂を、愛してくれているから。

それは切ないほど、比呂にも分かっている。

「きっとお前だって、もう愛することを知ってる。だから今、愛せないって苦しんでるんだよ。思い出して。誰か、会いたい人は？」

「……会いたいのは比呂」

小さな声で呟き、青月はむくれてうつむいた。

「比呂に会いたい。別れるのはいやだ……比呂は、私でも愛せるはずだ」

くぐもった声で言われ、比呂は手を伸ばし、時々茜にしてやるように、青月の頭を撫でる。

「――……愛せるよ」

比呂は、そう言っていた。

愛せる。きっと、青月が相手でも自分は愛せるだろうと、比呂もそう思った。

「それは愛せる。だけどそれじゃ足りないんだ。まずは自分の周りにいる人たちから愛せないと。お前に必要なのは、きっとそっちだよ」

愛されることより、愛することのほうが。青月には必要なのだと、なぜか比呂はそう感じた。

「な、青月。俺、月白に頼んで手紙も書くし、なんとか会いに行けるようにするから、お前は自分の家で待ってて。それで、自分のそばにどんな人たちがいてくれてるか、もう一度確かめて。これ以上、人や神様を傷つけちゃいけない」

返事をしない青月の腕を解き、比呂は「絶対、手紙を書くから」と念を押して背を向けた。けれどすぐさま、腕を摑まれ乱暴に引き寄せられた。体を反転させられ、比呂は青月を振り仰ぐ。突然、青月は「どうして！」と怒鳴った。

「月白のことは助けて、どうして私は助けてくれない？　周りの者とはなんのことだ？　比呂は私の言うことを、なぜきいてくれない。私は神なのに。東雲は言っていた。私はなんでも手に入れられると。それにみんな、私の言うことを喜んできいてくれるのに！」

青月は怒鳴りながら、地団駄を踏んでいる。まるで子どもの癇癪《かんしゃく》だ――。

比呂は一瞬呆然とし、青月の顔を見つめていた。

咄嗟《とっさ》には、返す言葉が出てこない。神だから言うことをきくのが当たり前だと言い、これだけ話してもまだ、狗神への比呂の気持ちを理解していない青月に、驚いた。

「……青月、俺は神様だから、月白と一緒にいるんじゃない。月白を愛してるからだって言ったろ？　お前の助けになりたいと思うのも、お前が神様だからじゃない」

なるべくゆっくり、静かに言ったけれど、こんなことさえ分かってくれない青月に怒りが湧いてきて、声が震えた。もう一度青月の手をはずし、比呂は深呼吸した。

「お前は俺を愛せるかも、って言った。でも、それじゃ駄目なんだ。その程度じゃ、誰も行こうなんて思わないよ。だってお前は愛してほしいだけで、それは俺じゃなくてもいいんだから。……俺の言ってること、分かる？　分からないなら、分かるまで自分で考えて」

今までで一番、厳しい声が出ていたかもしれない。青月は心持ち眼を見開いたけれど、再び背を向けてもう追ってこない。

ただ風に乗り、呻くような声が聞こえた。

「……なぜ私より、月白なのだ」

その言葉にぎくりとし、なにもしてあげられなかった罪悪感からもう一度振り返ろうかとも思ったが、比呂はやめた。

これ以上今できることはない気がしたし、もう一度話しても、同じことを繰り返すだけになる。とりあえず先に狗神と話さねばと思い、比呂は一心不乱に駆けていった。


（早く、早く誤解を解かなきゃ。狗神はきっと、傷ついてる……）

比呂は息せき切って回廊を走った。歪んでいた空間はもとに戻ったらしい。屋敷内の道などよく知らないはずなのに、どうしてか迷わずに、比呂は狗神の部屋に帰ることができた。

「狗神！　藤、茜……っ」

部屋の襖を開け放つと、すぐ眼の前に、まるで比呂を待っていたように藤が立っていた。その顔は、とてつもなく怒った顔だった。茜のほうはしょんぼりして、荷物をまとめている。

「藤……あの、俺、その」

無言のまま怒りを露《あら》わにしている藤を前にして、比呂は急に、喉にものが詰まったように声が出せなくなった。狗神の居場所をすぐに訊きたい。けれど、まずはごめん、と言うべきなのか迷った。

しかし謝ったところで、さっき自分が青月を止めたことは、やはり間違っていないはずだとも思ってしまうから、なにに対して謝るべきなのか。

「もう発ちます。比呂様のお支度はこちらで済ませましたから」

藤は淡々と、そう言った。さっきまでの騒ぎなど、口にしたくもないのかもしれない。

そうなるといっそう謝れなくなり、比呂はどうしていいか困って、しばらく棒立ちになっていた。やがて、奥の部屋から狗神が出てくる。狗神にちら、と一瞥《いちべつ》されて、比呂はどきりと肩を揺らした。

緊張で、胃の奥がきゅうっと縮まるようだったが、とにかく、自分は青月を選んだわけではないと伝えねば、と一歩踏み出した。

「狗神、俺……青月のところには」

けれど弁解を口にしたとたん、狗神は比呂から視線を背け、「藤、支度はできたのか！」と声を荒らげた。大風呂敷をまとめ終えた藤が、しょんぼりと尾を垂らし、自分の包みを抱きし

めている茜の手をとり、

「ええ。お暇のお許しはいただけたようですね。帰りましょう」

と、告げた。自分を無視して進められる会話に、比呂は突然不安になった。

（……俺のこと、置いてかないよな？）

「狗神……」

怖くて、心臓がどきどきと鳴り始める。思わず狗神に駆け寄り、すがるようにその袖を掴んだら、腰を抱かれていた。

引き寄せられて安堵するのと同時に、視界が暗くなっていた。

なにも見えない闇の中、遠くお囃子《はやし》の音がしたと思ったら、比呂は狗神の背に乗せられていた。お囃子の音は彼方に消え去り、後ろを向くと、藤らしき真白の狼が赤毛の子狼をくわえて飛んでいる。

眼下に、ぼんぼりの光が見えた。ぼんぼりはいくつも連なり、ゆっくりと移動している。その下に、暗い夜の海が広がっている。

あれは来た時に加わったぼんぼりの列だ。

そう思ったのを最後に、比呂の意識は途切れていた。

九

気がつくとそこはもう、慣れ親しんだ狗神《いぬがみ》の屋敷だった。

たった三日離れていただけなのに懐かしく感じる。時刻は夜で、空には雲がかかり、小雨が降っていた。

比呂《ひろ》は狗神と藤《ふじ》、茜《あかね》と四人で、縁側に立っていた。狗神たちは人姿に戻っていたし、耳も尾も消えている。

小雨は淋しく、あまりに悲しげに降っている。

比呂は狗神を振り仰いだ。ついさっき、青月《あおつき》を庇《かば》ったことを弁解したい。狗神が比呂のしたことで傷ついているのは分かっているし、屋敷に降りしきる雨はそのせいだろう。

「……狗神」

けれど、なにか言おうと口を開いたその時、狗神は比呂から視線を逸《そ》らして背を向け、縁側を通って奥へと行ってしまった。追いかけようにも、広い背中に拒絶されているような気がして足が竦《すく》んでしまう。

後ろで藤が「茜、荷物を置いてきなさい」と言っているのが聞こえ、やがて茜の、可愛《かわい》い足音が遠ざかっていった。

きっと、藤もとても怒っている。そうに決まっていると分かっていたから、比呂はおそるおそる、藤を振り返った。

ついさっき、原初の神の地でそうされたように無視されたら……と怖かったが、藤は静かな面持ちで比呂を見つめていた。

「どうして私の助言を、無視されたのです」

その声は淡々としていたけれど、藤は、激情を押し殺しているだけだと比呂には分かった。静かな黒眼の奥で、藤は怒りを燃やしている。

「旦那様の不安を見て、どうにかしてさしあげたい。そう思う比呂様のお気持ちは分かります。ですがそれは旦那様の問題で、あなたは見守るしかないと、何度も申し上げたはず。行動を起こすことで比呂様は旦那様を傷つけ、伴侶としての絆《きずな》を揺らがせただけではありませんか」

比呂はうつむいた。藤の言葉は正論で、返す言葉もない。

「眷属を取り戻す、戻さぬも、旦那様がお決めになること。比呂様のお力でどうこうできることではないのです。宴に連れていかれれば、いかにご自分の力及ばぬことか分かっていただけると思っていました。それなのに、あなたは私に相談もなく鈴《すず》様と八咫《やた》の神に、とんでもないことを頼み……私の腕を払って、青月様と接触した。そうして結果的に、旦那様をより傷つけたのです。もしあの時、青月様があなたを無理矢理、連れ去っていたら？　それでも、よかったのですか？」

青月が比呂を連れ去っていたら。そう言う時、藤の声は震えた。そうなっていた場合を考えて、心底から恐れたように。

藤は強い口調で、「もうこんなこと、なさらないでください」と言った。

「私も旦那様も、あなた自身を、傷つけたくないから言うのです」

――藤は正しい。

間違っているのは、比呂のほうだ。

比呂はただの人間で、不思議な力など一つもない。神々の問題に関わることはできない。そんなことは最初から分かっていた。分かっていて、それでも、なにかしたかったのだ。

たとえ自分の行動が、賢くないと知っていても。

ごめんと謝ろうとして、もうしない、と約束しようとして、

「……じゃあ俺は、家族のためになにもできないのか？」

それより先に、つい、べつの言葉を漏《も》らしていた。

「一番大事な人がそばで苦しんでる。それなのに、なにもできないのか？　しちゃいけないのか？　俺が傷つくから、俺が苦しむから、その人の役に立つことをしないって、そう考えろっていうのか？　じゃあ俺はなんだよ。俺はお前や狗神や、茜のなんなんだ？　ただ守ってもら

うだけなのか？　俺がここに戻ってきたのは、特別扱いしてほしいからじゃない！」

声が震える。一度口から出した想いは、突然、堰《せき》を切ったように溢《あふ》れ出した。

顔を上げると、藤が眼を瞠《みは》る。いつの間にか滲《にじ》んできた涙に、視界が曇る。

「傷つくことも、苦しむことも、それがお前たちのためなら喜んでやるんだよ！　そうしたいから戻ってきたんだ！　俺ができることなら、命だって投げ出す。家族なんだぞ！」

ぼろぼろと涙が頬を伝った。むちゃくちゃなことを言っているのかもしれない。そう思ったけれど、言葉は止まらなかった。

藤はなにも言わず、ただ比呂の言葉を聞いている。

「俺は……俺が、俺が死んでも、お前たちに幸せでいてほしい。狗神に、幸せでいてほしい。できることならまた、誰か愛してほしい……いつだって、そう思ってる」

なにか言おうと口を開きかけた藤が、ハッとしたように言葉を止め、かわりに小さな声で「旦那様」と呟く。見ると、いつの間にか戻ってきていた狗神が、眉をつりあげ、怒りに震えてその場に立っていた。

庭の小雨は狗神の怒りに呼応し、激しい驟雨《しゅうう》に変わって篠突くようだ。

土砂の跳ねる音がごうごうと唸っている。

「うつけが……」

獣のように低く呻いた狗神に、比呂は次の瞬間、胸倉を摑まれていた。

「誰が貴様に守ってほしいなどと言った？　自分一人では、なにもできぬくせに！　あのまま青月のところへ連れ去られてもよかったのか！　そうだろうな、お前は、青月でも愛せるのだから！」

怒鳴りつけられ、比呂は震えた。

「……違う」

比呂が呻くと、狗神は「なにが違うのだ」と吐き出す。

「俺が──俺が、青月に、先に会ったのが青月なら、青月を選んだと言われて……すぐに、否定できなかったのは……お前が、全然、幸せそうじゃないから」

言ってはいけない。

それ以上、口にしてはいけないと思った。ずっと、言わないようにしてきた言葉なのに。

二人の前にさらけ出して、真実を見つめて、互いの絆を壊すのが怖かった。

それなのに比呂の心のどこかで、「もういい」と声がする。これ以上黙っているのは無理だ。抱えきれない。辛い。狗神を傷つけると分かっていても、吐き出してしまいたい──。

「俺といても、幸せそうじゃないから。ずっとどこかで、後悔してた。俺が戻って来なかったほうが、よかったかもしれない。そうすれば、お前は俺をいつか忘れて、前みたいに……たくさんの参拝客に恵まれた、力の強い神様に……もう、不安なんてない神様に、戻れたかもしれないのに」

眼を閉じると、たまっていた涙が頬を落ちていく。

「俺が死んだら、お前は、青月みたいになるんじゃないかって思った。だから、青月を助けなきゃって……お前と似てたから。亡くした伴侶じゃなく、他の誰かを愛することで、救われてほしくて」

――俺が死んだら、お前にもそうしてほしいから。

頭上で狗神が、息を呑む気配がした。

眼を開けて顔をあげると、狗神は怒りで真っ赤になっていた。けれど大きな耳を伏せ、尾を垂らし――怒っているのに、泣き出しそうにも見える。

「……では逆はどうなのだ？」

絞り出すような声で、狗神が訊いてくる。

「自分が死ぬことばかり考えているようだがな、それなら、その逆を考えたことがあるのか？　この私が、貴様を置いて死ぬところを想像してみたことが？　もしその立場でも、貴様は私に勝手を許すのか？　私を失っても、貴様は幸せになれるのか！」

ぶつけるように怒鳴られて、比呂はその激しさに、息を詰めた。

狗神の叫びは矢のように、比呂の心臓を貫いていった。狗神が死ぬこと。藤や茜を失うこと。一人ぼっちで取り残されることを想像すると、それだけで胸が苦しくなり、信じられない絶望感が押し寄せてくる。

頭の奥が痺《しび》れるように痛んだ。怒鳴った狗神の顔が、苦渋に歪んでいる。

——そうか。狗神が感じている恐怖は、こういうものなのだ。

不意に比呂は思い出していた。この屋敷に伴侶として戻る直前、狗神の大楠《おおくすのき》は土地開発の憂き目に遭い、伐採されかけていた。

大楠が伐られれば狗神は死ぬしかない。比呂は狗神を失うまいと、たった一人で駆けずり回った。あの時の孤独と恐怖、愛する相手が死んでしまうかもしれないという絶望は、比呂の心を押し潰《つぶ》した。

もしあのまま、狗神が死んでいたら……そう考えるだけで、足が竦みそうになる。

「……お前が死んだら、きっと……生きていけない」

ぽつりと、比呂は答えていた。狗神がその答えを聞いて、息をつく。

「ならば、ならば私が、お前をどうして縛り付けるか分かるだろう。分かったなら、もう、もう二度と、勝手なことは——」

「お前がいなかったら……生きていけない。でも、それでも……俺は生きると思う」

比呂は胸倉を摑んだままの狗神の手に手を重ねて、そう言った。

狗神の手は青月と違って、温かい。

この温かさが好きなのだ。この温かさに、いつも安心する。

そう思うと涙がこぼれ、狗神の手の甲で弾けた。

狗神がほんの少し、手の力を緩める。

——生きていけない。狗神を失ったら、生きていくのはたまらなく辛い。

そう思いながらなお、生きていくと、比呂は言った。それは強がりでも、嘘でもなかった。

「最初は死にたくなると思う。もう二度と、同じように誰かを愛せないって思う。……それでも、できるだけ周りを大事にして、好きになって、幸せになろうって、努力すると思う。……それは、お前が今、俺を愛してくれてるから」

最後の言葉を言ったあと、胸ぐらを掴んでいた狗神の手がはずれた。意を決して顔をあげると、狗神はもう、怒った顔をしていなかった。ただ、どこか驚いたように、じっと比呂の眼を見つめていた。

「お前はきっと、俺に生きてほしいって、そう望んで死んでいったと俺は考えるから。……違う？」

藤が頭を下げて、その場を辞すのが気配で分かる。

篠突く雨はいつしかまた、小降りに変わっている——。

「……俺は父さんを死なせた。ばあちゃんを一人にした。時々、罪悪感でいっぱいになる」

「それは、私にも責がある」

比呂の言葉に被《かぶ》せるように、狗神が言ってくる。比呂は首を横に振り「責めたいいんじゃないんだよ」と言った。

「どうにもならないことや、後悔することがない人生なんて、やっぱりない。だけど父さんも、ばあちゃんも、俺が自分や誰かを責めて生きることを望んでないはずだって、信じてる。自己満足かもしれないけど……そう思えるのは、二人が、俺を愛してくれてたからなんだよ」

言う声と一緒に、もしかしたらこの考えそのものが自分勝手かもしれないという罪悪感で、顎が震える。

「俺は、二人が俺を愛してくれてたから、そんなふうに信じられる。そんなふうに、身勝手になれる。……二人が俺を愛してくれてた事実が、俺を、今も生かしてくれてる」

分かって欲しい。自分の伝えたいこと。ただその一心で、比呂は先の言葉を紡いだ。

「お前もだよ。お前も、藤も、茜も、俺を愛してくれてる。だから俺は一人になってもきっと、そのことを思い出して前に進める気がする」

狗神から今までも、そして今も、受け取り続けている愛情があるから、比呂は狗神を失うのが怖い。けれど同時にこうして愛してもらっているから、きっと失っても生きていける。

狗神の想いがそのまま、比呂の生きる強さになっていく。

狗神は複雑そうな表情で、黙り込んでいる。

「……俺はお前が大事だよ。だから、俺が死んでも、俺の想いがお前を生かす力であってほしい。絶対に死なないなんて、約束できない。約束できなくても、お前には、幸せでいてほしいんだ。そう思うのは、俺の我儘《わがまま》かもしれないけど……」

狗神が眉を寄せ、震えた。

我が儘だ、と言われた。

「我が儘だ……そんな言葉で、そんな理由で、私を残して逝《い》っていいことにはならぬ……」

「俺、こんなこと言ってるけど、べつに死にたいわけじゃないよ。不慮の事故でもない限り、お前と同じ寿命を生きるつもりだし」

「当たり前だ、うつけが」

狗神が顔を背け、うつむく。星のように光る銀の髪が、美しい横顔にさらさらと流れ、その間からこぼれ落ちてくる涙が見えた。

「狗神……ごめん」

そっと、できるだけ優しく声をかけた。

その謝罪は、なんのための謝罪なのか。

自分の考えを変えられるわけではなく、狗神のかわりに死なないと約束できるわけでもない。もしかすると、変われないことへの、謝罪かもしれなかった。

後ろから、狗神の広い肩に手をかけ、大きな背中を撫でる。愛しい、温かな気持ち、分かり合えるのに分かり合えない切なさが胸を詰まらせた。

狗神はなにかに背を押されたように振り向くと、比呂を強く抱きすくめてくる。

青い森の匂いの中で、比呂は狗神の涙声を聞いた。

「お前を失いたくない。不安で、苦しい。縛りつけられればと思うのに、それもできない……」

比呂は狗神の背に腕を回した。厚みのある体だから、やっと両腕で抱きしめられるくらいだ。

「本当に、俺が青月のところに行ってもいいと思ったの？」

訊くと、狗神はしばらく黙り込み、首を横へ振った。

「お前の気持ちが変わっていないことは感じていたから、どこかでは大丈夫だろうと思った。青月が連れていこうとしたら、それはもちろん、取り戻すつもりでいた。ただ私も……私もあの一瞬、迷ったのだ。お前は、青月でも愛せるだろうと……そう思うと、ただ」

ただ、と言ったあと、狗神は黙ってしまった。それ以上、言葉にできない想いがあるように、比呂を抱く腕に力をこめる。

「俺、本当はどうしたら、お前の不安を消せたんだ？」

引き締まった狗神の胸に頬をつけ、囁《ささや》くように訊ねても、狗神は答えなかった。きっと、狗神も答えを知らないのだと比呂は思った。

かわりに顎を持ち上げられ、口づけられる。比呂は眼を閉じて力を抜き、狗神の口づけに応えた。

――傷つけて、ごめん。

言えない言葉のかわりに、狗神に体を預ける。小雨がやみ、薄曇りの中、おぼろな月の光が縁側へ射してくる。

そっと抱き上げられて、寝室に連れて行かれた。

着物を剝《は》ぐ指も、乳首や性器を愛撫《あいぶ》する手も優しかったけれど、繋《つな》がる時は性急だった。何度も交わっているから、比呂の後ろはすぐに緩んで狗神を受け入れたけれど、入って来られた時だけは苦しくて、「ん……っ」と声が漏れる。

下腹部が狗神のものでいっぱいになる感覚。

繋がったところから蕩《とろ》けるような、甘い快感が全身に広がっていく。

ふと見ると、悲しげな、不安そうな眼で狗神が比呂を見下ろしていた。

「狗神……好きだよ」

喘《あえ》ぐように比呂は言った。中で、狗神のものがどくんと脈打ち、比呂の腰は思わず揺れていた。

「あ……っ」

覆い被さってくる狗神の首に腕を回し、足をその逞《たくま》しい腰に巻き付けながら、比呂はまた「好き」と繰り返した。青月のことはまだ頭の隅にあるし、心配だった。捨てられた子どものような眼が忘れられない。もう少しきちんと話がしたかったと思う。思うけれど、それが狗神を不安にさせ、傷つけたことも分かっている。それについて、申し訳なく思う。申し訳なく思うし、そして、悲しかった。

「好きだよ。俺、お前だから好きなんだよ……お前を愛してる」

荒くなる息の合間に、比呂は何度も言った。けれどいつもならしつこいほど睦言《むつごと》を言う狗神が、今日は無言のまま、比呂の中をゆるゆると掻《か》き回している。

やがて甘やかな快感に支配され、比呂はただ喘ぐことしかできなくなった。

「あ……っ、い、狗神……っ、あ……」

気持ちいい。もっとして。もっと、もっと、と、わざと恥ずかしい言葉も口にした。

自分は機嫌をとっているだけだ。

そうと分かっていても、今はできるだけ素直に抱かれたかった。狗神にされることがとても好きなのだということを、知っていてほしい。そうして、少しでも不安を和らげてほしかった。

「……っ」

やがて感極まったように、狗神は腰を打ち付けながら吐息をこぼした。

そんな息の音にさえ、どうしてだか比呂は泣きたくなり、「出して」と繰り返していた。

「出して、俺の中に……お前の……あっ」

一際強く穿《うが》たれたと思うと、頭のてっぺんが痺れるような感覚があり、比呂は我慢できずに達していた。同時に、中で狗神の果てる感覚があった。衝撃に、体がびくびくと跳ねる。ぎゅっと抱きすくめられ、比呂も力の入りきらない両腕で、できるだけしっかりと、狗神を抱き返した。

眼を閉じると、狗神の浅い呼吸と、手のひらに触れる温かな体温だけが感じられた。まだ繋がったままの部分が、ひくん、と震える。

（俺が女の人で、子どもでもいたら、良かったのかなあ……）

ふとそんなことを考える。女性になりたいわけでもないし、子どもがほしいわけでもないけれど、ただ互いの愛情しか信じられるものがないから、不安になるのだろうか。

けれどどちらにしろ、命はいつか尽きるもので、未来は誰にも見えない限り、同じことかとも思う。

悲しいなあ、と比呂は思う。

他人の痛みは、どうにもできないからこそ、自分の痛みより、時に痛い。

結局、比呂の行動で狗神の不安は消せなかったし、よけいに苦しめただけ。自分が死んでも幸せでいてほしいという気持ちを、分かってほしいと思いながら、けっして受け入れてはもらえないこと、自分も比呂を失いたくないという狗神の気持ちを、理解はしても、その通りにはしてあげられないことだけが、身にしみるように分かった。

互いに愛し合っている。

必要としている。

けれど、相手を幸せにしたいからこそ、分かり合えない溝がある。ただただ、その現実が悲しい。

眼を開けると、おぼろな月明かりを映した天井が見えた。狗神が比呂の中で、わずかに動く。今日はまだ何度か睦み合うつもりらしいとぼんやり理解し、比呂はもう一度落ちてきた口づけを、おとなしく受け入れていた。


夜更けまで何度も睦み合い、眼が覚めるととうに朝だった。

起きた時、比呂は布団の中に一人きりだった。浴衣《ゆかた》はきれいに着せられていたが、ここに伴侶として戻って来てから、一人ぼっちで眼が覚めるのは初めてのことだ。いつもは目覚めると狗神が隣にいて、比呂の寝顔を見つめているのに。起き上がって、誰もいない場所を触ると、敷布はひどく冷たく感じられた。

「おはようございます。朝餉《あさげ》をご用意いたしましょうか」

縁側へ出ると、既に着替えた藤が朝の挨拶をしてくれる。

庭には薄雲がかかり、落葉樹の多くが紅葉して、はらはらと葉を散らしているところだった。

「……狗神は?」

「起きてすぐ、神社のほうへ行かれました。しばらく出向いていないからと」

「そっか……」

思わず肩が落ち、比呂はため息をついていた。淋しい、がっかりした気持ちが湧いてくる。

「藤の言ったとおりかもな」

気がつくと、そんなふうに言っていた。藤が小さく眉を寄せ、どういうことかというように、首を傾げる。

「狗神のこと。最初から、見守るべきだったのかも。……俺がなにかして狗神を助けようなんて、おこがましかった」

一晩経ってみると、今残っているのは苦い気持ちだった。

（青月のことも……結局置いてきてしまった。青月に手紙を書かせてとか、眷属を取り戻そうなんて、今はもう、とても言えないし。全部中途半端にかき回しただけ……）

迷惑をかけたままの、鈴弥《すずや》のことも気がかりだ。

最初からなにも行動しなければ、誰も傷つけずにすんだのに、と思ってしまう。どうせ後悔するなら、行動して後悔する、と口では言ったものの、あとになればひたすら悔やまれる。

「結局なんにも、変えられなかった……」

ため息をついて縁側に腰を下ろすと、散っていく落ち葉のひとひらが、比呂の膝の上に偶然舞い込んでくる。

比呂が来てから長い間、ずっと緑でいっぱいの庭だったのに。それは狗神の心の中が、この景色のように淋しいということだ。そう思うとより一層、後悔ばかり押し寄せてくる。

「落葉も、きれいなものですよ」

と、隣に腰を下ろした藤が、比呂の膝に乗った落ち葉を持ち上げて言う。それは黄金色に染まった銀杏《いちょう》の葉で、たしかにとてもきれいだった。

「愛とは業《ごう》ですね。比呂様と出会って、ようやく知った気がします。つくづく、誰かと出会うことでしか、心は変わらないものなのだと、思い知ります」

そっと呟き、藤は葉を散らす庭を眺めている。

「相手の心の問題は、他人にはどうにもできない。だから手出しはするな、見守るべきだと……今も私は思っています。でも……比呂様のように、少しでも自分のできることがあるならぶつかってみて、失敗して怒られても、傷ついても、後悔しても……悪くはないのかも。少なくともなにか、きっと変わっていくでしょうから。今は、そんなふうにも思います」

藤は比呂を振り向くと、眼を細め、優しく微笑《ほほえ》んでくれた。「比呂様は?」と訊かれ、比呂は胸の奥に、なにか熱い塊がこみ上げてくるのを感じた。

それはまるで、長い間溜《た》め込んでいて、どこにも出さないように気をつけていた、弱さや淋しさ、そんなものが一緒くたになって出てくるような感じだった。

——藤は許してくれた。

藤は、受け入れてくれた。比呂のしてしまったことや、比呂の考えや価値観を、結果的には失敗したにもかかわらず、藤は認めてくれた。

そう思った。

「……俺も今は、藤みたいに相手を信じて待つことができるようになれたらいいなって……思ってる」

「では、私たちは互いに少し、成長したのですね。相手の立場になることが、できたわけですから。……ほら、変わったことも、あったじゃありませんか？」

藤の優しい手が、そっと比呂の手に銀杏の葉を握らせてくれた。

張り詰めていた糸が切れたように、その瞬間目頭に涙が浮かび、たまらなくなって比呂は嗚《お》咽《えっ》した。

手にした銀杏の葉に、ぽろぽろと涙が落ちる。

昨夜、藤にひどいことを怒鳴ってしまった罪悪感や、狗神の気持ちを助けてあげられない無力感や、結局眷属を取り戻せなかったこと、こうなってもまだ青月が気がかりで、でもどうにもしてあげられないこと、八咫の神や鈴弥に迷惑をかけたこと、巻き込んでしまって怖い思いをしただろう茜への申し訳なさ、なにより思うように愛することもできず、人知を超えた神々の力の前に、あまりに無力な自分への苛立ち、そういった気持ちが、ごちゃごちゃと渦を巻いて涙に変わる。

自分なりに一生懸命やっているつもりなのに、上手《うま》くいかない。

どうしたらいいのか分からず、ただただ悲しい。いつでも、出口のある悩みばかりではない。

それでもたった一つ、分かったことがある。今この瞬間、比呂は藤を少し理解し、藤は比呂を理解してくれた。互いにほんの少しずつ、許し合えた。

（一緒に生きていくって、こういうことかなあ……）

泣きながら、頭の隅でそう思う。

泣いている比呂の頭を抱き、藤が背中をさすってくれる。よしよし、と呟き、大丈夫ですよ、と励ましてくれる。

「旦那様も分かってくださってます。きっと時間が経てば、なにか答えが見つかります。それまでなんとか笑顔で、暮らしていきましょう。不安や淋しさはね、美味《おい》しいものを食べて、しっかり眠って、やりすごすんです」

ね、と優しい声で言われ、比呂は子どものように頷《うなず》いた。

自分と大して変わらないはずなのに、藤の胸は小さな頃、父や祖母、記憶にはほとんどない母親に甘えた時のように、大きく思えた。

だから今、自分は幸せなのだと比呂には思えた。

心配することも、慰めてもらうこともできる、家族が、いてくれるのだから。

十

それから数日間は、なにごともなく穏やかに時が過ぎた。

狗神《いぬがみ》の態度はごく普通だった。原初の神の宴に出る前と変わらず、昼間は神社に赴き、朝晩の食事は比呂《ひろ》ととり、夜になると比呂を抱いた。

けれど一つだけ違っていたのは、なにか物思いに耽《ふけ》っているのか言葉少なになってしまったことと、抱く時に比呂を「好きだ」とか「愛しい」とかと、言わなくなってしまったことだ。

天気はずっと薄曇りが続き、庭の景色は初冬のように物淋しくなってしまった。

狗神がなにか一人で思い悩んでいることは明らかだったけれど、比呂はあえてなにも訊かないでいた。藤《ふじ》が以前言っていたように、信じて待ってみようと思ったのもあるし、自分にできることがそうないのだということも、身にしみていた。

そうすると相手のことが好きだから、好きな分、なにもできないのは辛かった。毎日、不安になる自分の心と葛藤《かっとう》し、何度も大丈夫だと言い聞かせて、表面上は平静を装っていた。なにか行動する時も勇気が必要だが、待つ時も勇気が要るのだと、比呂は初めて知った気がした。

と、同時に、青月《あおつき》のこと、鈴弥《すずや》と八咫《やた》の神のことはずっと気がかりだった。

あれから彼らはどうしただろう。鈴弥には悪いことをしてしまった。八咫の神も巻き込んでしまった。最後に、子どものように怒っていた青月のことを思うと、やはりかわいそうなような、他にもっとできることがあったような気もした。

かといって、それこそ、そんな悩みは狗神に言えることではない。

家族であり伴侶であっても、それぞれが違う心を持った者同士だ。

わだかまりや価値観の溝をなくそうとばかり思ってきたが、それと相手を思いやることとは別なのだと、比呂も気づくようになった。

（狗神の不安をどうこうするっていうんじゃなくて、俺自身が、狗神の不安に振り回されないように、変わっていかなきゃいけないのかな……）

答えの出せない気持ちのまま過ごした数日の後、不意に狗神が珍しいことを言い出した。

「え？　今、なんて？」

「だから、一緒に下界に出るか、と訊いている。今日は藤が言うにはいつもよりものが安いのだそうだ。フウセンとやらも、もらえるらしい」

耳を疑って訊き返した比呂に、狗神がとても誘っているとは思えない、尊大な態度で答える。

「クリスマスセールですよ、旦那様。私はもう行ってきましたが、茜《あかね》を連れて行きそびれたので。風船も配ってましたし、比呂様もたまにはなにかお買い物されてはいかがですか？」

朝食の食卓で、藤が食べ終えた食器を片付けながら言う。

この場合の『下界』というのは、狗神の神域内にあるアウトレットモールのことだ。ちょうど狗神の神社はそのモールの中に位置していて、そのあたりは一年中旅行客で賑《にぎ》わっている。夏場はゴルフとハイキング、そして避暑が中心だが、冬となると日本中からスキー客が訪れる。

比呂も何度か、買い物に行く藤と一緒にアウトレットには行っている。狗神の神域なので、そこまでは自由が許されていた。が、人混み嫌いの狗神に誘われたことは一、二度あったくらいなので、どういう風の吹き回しだろうと、驚いてしまった。

すると狗神が眉をひそめ、

「嫌なのか?」

と訊いてくる。比呂は慌てて首を横に振った。

「う、ううん! 俺、洋服に着替えてくる!」

驚いたけれど、誘ってもらえたことは純粋に嬉しかった。

普段はあまり着ていない洋服を出し、下界は冬だから、と中綿の詰まったモッズコートも取り出す。狗神の許しを得て、連れて行けることになった茜の着替えも手伝ってやった。久々に比呂と狗神と出かけられることが嬉しいらしく、茜はずっと尻尾《しっぽ》を振り続けている。その尻尾をだぼだぼのセーターにしまい込み、上からダッフルコートを着せ、毛糸の帽子で耳を隠す。

支度を終えて出て行くと、狗神も洋服姿になっていた。

目立つ銀の髪を一つにまとめ、カジュアルなシャツにパンツ、品の良いスタンドカラーコートを羽織った姿は、芸能人やモデルでも霞《かす》むくらいだ。

「……お前、改めて見ると、すごい美形なんだなあ」

思わずため息をこぼすと、狗神は不可解そうに眉根を寄せる。

「なにを言っている。お前も十分愛らしいではないか。行くぞ」

さらりと惚気《のろけ》られて頬を染める比呂に構わず、狗神は腕を引いてくる。藤に見送られて玄関を出たとたん、いつの間にか、比呂は茜と狗神と三人で、アウトレットモールの中央部に立っていた。

常に一定の気温が保たれている屋敷とは違う、突き刺すような冬の空気に身を竦めるのと同時に、茜が「風船！」と甲高い声をあげる。

見ると、行き交う人々の間に風船配りの着ぐるみが歩いていて、子どもが集まっていた。比呂も茜に付き添い、着ぐるみから風船をもらってやった。

藤が言っていたように、モールはちょうどクリスマスセール中らしい。建物は電飾で飾られ、大きなクリスマスツリーが置かれている。

カップルや家族連れが大勢いて、中には狗神神社のお守りを見せ合っている者もいたので、比呂は嬉しくなった。

それにしても、すれ違う人、すれ違う人、みんなが狗神を振り返っていく。女の子の集団など、芸能人の誰かではないかと噂《うわさ》したり、勝手に写真を撮る者までいて、狗神が姿を隠して神社には行っても、アウトレットにまで出てきたがらない理由も分かるというものだった。

「お前が人間だったら、たぶん、世界でも有名なモデルか俳優になれるんだろうなー」

「もでる？　なんだそれは。私から藻など出んぞ」

相変わらず外来語にも、人間の文化にも疎い返事に、比呂は久しぶりに心から笑った。

すると狗神の顔にも、ホッとしたような色が広がる。狗神は狗神で、この数日間、比呂のことを心配してくれていたのだろうな、と気持ちが温かくなった。

「比呂さまっ、へんなのがいる！」

と、はしゃいであちこちの店を覗き回っていた茜が、急に大声をあげて比呂に駆け寄ってきた。

こういう場所にいると、よく大型犬に絡まれる茜なので、またゴールデンレトリバーにでも出会ったかと顔をあげてから、比呂は眼を丸くした。

「……比呂！」

前方から、感極まったような声をあげて駆けてくるのは、鈴弥だった。比呂と似たようなカジュアルな洋服を着て、鈴弥は泣き出しそうに顔を歪めていた。

「鈴弥？」

驚いたあまり、ぽかんとしていると、走ってきた鈴弥にぎゅっと手を握られる。

「よかった……っ、オレ、とんでもないことしてしまったって……青月のこと、協力なんかするんじゃなかったってずっと後悔して……青月は急に暴れ出すし、そしたらお前も狗神たちもみんな姿消しちゃうし、お前が狗神にひどく怒られてないか、心配で心配で……」

「鈴弥……頼んだのは俺だったんだから、お前のせいじゃないよ」

鈴弥は心底から心配していた様子で、涙目になっている。比呂は慌てて鈴弥を慰め、さっきまで鈴弥を見て怯えていた茜も、これまでと印象が変わったらしく、比呂にしがみついたまま大きな眼をくりくりさせている。

「そんなことより、よくここ、来られたな。狗神の神域なのに……八咫は一緒じゃないのか？」

思わず訊くと、「ちゃんといるさあ」と飄々《ひょうひょう》とした声が聞こえてきた。

すぐ近くの店から、ノーネクタイのスーツ姿で、八咫の神が出てくる。顎の髭《ひげ》を撫でながら、

「いやはや。狗は嫁ごに甘いヤツだよ。大嫌いな俺をここまで招き入れてくれたんだからな」

と笑う。どうやら狗神が八咫と鈴弥を呼び寄せてくれたらしいと知り、その行動にも驚いて振り返ると、狗神は仏頂面だった。

「貴様はついでだ。比呂が鈴弥のことを気にしているのだから、仕方あるまい」

どちらにしろ、狗神は比呂のために二人と会わせてくれたわけだ――そう考えると、比呂は嬉しかった。

「い、狗神。我が儘ついでに……鈴弥と八咫を、うちに泊めてやれない？」

今ならきいてくれるかもしれないと、比呂は一縷《いちる》の望みをかけて訊いた。

以前は、狗神の屋敷に出入りできていた鈴弥と八咫の神を、狗神が出入り禁止にしてしまったのは比呂が八咫の神に奪われた事件のせいだが、今の八咫の神はそんなことをする必要もないので安全だろうし、なにより比呂は、鈴弥を友達だと思うようになっている。

数少ない同じ立場の者同士だ。できれば、時々でもいいから交流を持ちたい。

それに、狗神と違って神域を持たない八咫の神はあちこちの神々の屋敷に逗留《とうりゅう》したり、人間と同じようにホテルに泊まったりしていて、一つところに長居しない。神である八咫にとっては慣れたことでも、もともと人間の鈴弥は、たまには気を休めたいのではないだろうか。屋敷には部屋数もあるし、のんびり泊まってもらえるなら、そうしてもらいたい、という気持ちがある。

「比呂、オレはそんなこといいよ……」

比呂に負い目を感じているらしい鈴弥はそう言ったが、比呂は構わず狗神を見つめ、もう一度「お願い」と頼んだ。狗神は小さく舌打ちし、「お前がそこまで言うなら、私はいいが……」と、視線を茜に移した。

狗神に見つめられた茜が、ぴんと背筋を張って姿勢を正す。すると、鈴弥が今気づいたように茜に向かって屈《かが》み込み、ぺこっと頭を下げた。

「茜くん、この前は、悪かった。比呂にひどいことして……」

ずっと気に病んでいたのだろう、鈴弥は心からすまなさそうな顔をしている。それに絆《ほだ》されたように、比呂の足にしがみついていた茜の体から、力が抜けていくのが分かった。

「鈴弥さんは、きてもいいです」

茜が許すと、八咫の神がニヤニヤと眼を細めた。

「子狼ちゃん。俺はダメなのかね？」

からかわれた茜はじろりと八咫の神を睨みつけ、胸のところで、ぎゅっと両手を拳《こぶし》にした。

「うそつかないって指きりしないと、だめ！」

茜の厳しい叱責《しっせき》に、比呂は思わず噴き出してしまった。つられたように鈴弥も笑顔になり、八咫の神が「よし、指切りしよう。針も千本飲むぞ」と乗った。

振り返ると狗神は無愛想に眉をしかめていたが、それでも比呂は、この数日間、狗神が比呂のことをしきりに考えていてくれたのだと、分かった。

「……ありがとうな。狗神」

小声で呟いても、返事は返ってこなかったけれど、狗神の眉間の皺《しわ》がわずかに緩んだような気がして、比呂もニッコリと、心から笑うことができた。

その時、行き交う人の中で、誰かが「嫌だ、この事件、すぐ近くじゃない！」と声をあげた。なんだろう、と振り向くと、モール中央部に掲げられた大きなテレビ画面に、昼のニュースが映っている。

『連続通り魔事件？　猛獣に襲われた、と証言相次ぐ』

　テレビの右上にはそんなあおり文句が出ている。番組のキャスター同士が、

「昨日の被害は甲信越地方ということですが、西日本から東日本へ、だんだん移動しているようですね。重傷の方もいますし、十分注意が必要ですが、同一犯でしょうか」

「通り魔なのか、猛獣なのか……襲われた方たちの中にも、はっきり姿を見た方がいないというのが不気味ですね」

　と、深刻そうに話している。見ていた狗神も顔をしかめ、八咫の神が「猛獣程度ならいいがね」と肩を竦める。

　なにか嫌な予感がして狗神に訊ねようとした時、「あの、お写真一緒にいいですかあ？」と甲高い声があがった。

　若い女の子たち数人のグループが、あっという間に狗神と八咫の神を囲み、きゃあきゃあと騒ぎ始める。どうやら芸能人かなにかと勘違いしているらしく、弾き出された比呂は鈴弥と顔を見合わせた。

「お互い大変だな」

「鈴弥はあっち側だろ。お前美人なんだから」

「さすがにあれだけ美形の横だと、霞むよ」

鈴弥が半分呆れた様子で言い、比呂は笑ってしまった。女の子に取り囲まれた八咫の神は楽しげに応じていたが、狗神のほうは戸惑い半分腹立ち半分の表情で、それが面白く、比呂は嫌な予感のことも、すっかり忘れてしまった。

アウトレットモール内にあるスーパーマーケットで食料品や酒をたっぷりと買い込み、比呂は狗神と茜、そして鈴弥と八咫の神と一緒に、屋敷に戻った。

藤はいつの間にか、狗神から事情を説明されていたのかもしれない。鈴弥と八咫の神を見ても怒ったり驚いたりすることもなく、淡々と料理をし、もてなしの準備をしてくれた。比呂も鈴弥と手伝い、魚の鱗《うろこ》をとったり、エンドウの筋をとったりした。鈴弥は意外にも、家事全般に手慣れており、長い間祖母の手伝いをしていた比呂と同じくらいなんでも手際よくこなした。

その夜は原初の神の宴のように、一部屋にご馳走《ちそう》を並べ、八咫の神が出した幻の女たちが酌をしたり踊ったりして、賑やかな一夜となった。

宴たけなわという頃、比呂は酔い醒ましに庭に面した縁側へ出た。薄雲は晴れ、青い月が出て庭は明るくなっている。

「酔い醒まし?」

後ろから声をかけられて振り向くと、比呂を追いかけてきたのか鈴弥が立っている。

「きれいな月だな。狗神のやつ、機嫌がいいらしい」

おかしそうに笑い、鈴弥が横に腰を下ろした。

「……ありがとうな。泊まらせてくれて。二度と出入り禁止にされても仕方ないくらいなのに」

縁側の欄干に凭《もた》れ、足をぶらぶらさせながら、鈴弥が小さな声でお礼を言ってくれる。比呂は微笑んだ。

「来てくれて、こっちが助かってる。……鈴弥、台所仕事上手いんだな。びっくりした」

「どこに嫁いでも偉そうにふんぞり返って、なにもしないやつだと思ってたんだろ？」

言われて、図星なだけに比呂は苦笑した。たしかに以前の鈴弥には、そういう印象が強かった。

「……オレ、もともとは貧しい里の出なの。親もいなかったから自分のことは自分でしてた。神様の伴侶になってからも、何人もいる嫁の一人なことが多かったから……ほとんど使用人扱いみたいな時もあったし」

ぽつぽつ、話してくれる内容になんだか鈴弥の苦労を感じ、覚えず、同情が湧いてしまう。

けれど比呂の心配を察したように、鈴弥は「好きでやってたんだよ」と付け足した。

「好きな神様なんかいなかったから、お勝手仕事してるほうが、閨《ねや》で相手にされるよりいいやと思ってさ……」

「……今は、そんなこともないだろ？　やっと、八咫と二人きりなんだし」

比呂が言うと、鈴弥は「どうかなあ」と自信なさげに呟いた。

もともと鈴弥は、里の土地神に人柱として差し出され、神の伴侶になったという。それが三百年前のことで、たまたまその神の屋敷に逗留していた八咫の神に頼んで連れ出してもらい、そのまま八咫の伴侶となった。

百年ほどは一緒にいたようだが、なにがあったのか、その後二百年は、あちこちの神の伴侶になったり、また八咫の神の伴侶になって連れ出してもらったり……を繰り返していたと、以前聞いたことがある。

「オレは今はもう、好きだって言ってないから……八咫の気持ちもよく分からない。オレが他の神に嫁ごうとしないから、連れて歩いてくれてるだけかも……」

淋しそうに笑っている鈴弥を見ていると、なんだかかわいそうで、胸が痛んだ。

「好きだって言ってみないのか？　そうしたら、返してくれるかもしれないぞ」

比呂の言葉に、鈴弥は「それはないよ」と呟いた。

「二百年前、一度だけ言ったことがあるんだよ。そうしたら、他の神のところに置いて行かれた。またそうされるかもしれないから、言えない」

比呂は驚いて、言葉を失ってしまった。その時のことを思い出して傷ついたような顔をしている鈴弥が、ひどく切なく見え、けれどどう励ましていいか分からなかった。

「あ、暗くなるなよ。オレは今、結構幸せだから。好きだって言い合えなくても、そばにいられるし……初めて、お前みたいな友達もできたし」

比呂はなんだか複雑な気持ちで、言葉がうまく出せない。鈴弥の境遇にはまだ心配が残るが、自分を友達と思ってくれていることは素直に嬉しい。

「比呂がいてくれてオレも変わったと思うけど……狗神や藤も、変わったな」

ふと言われ、どういう意味か分からずに、比呂は問うように鈴弥を見た。

「なんかみんな、優しくなってる。藤も、オレのこと屋敷に入れてくれたし……きっと、少しずつ歩み寄ったり、一歩退いたり、できるようになってるんだろうな」

そんなふうに思ったことはなかった。けれど言われてみて初めて、そうかもしれない、と思う。

静かに、少しずつでも、それぞれ変わっていっているのだろうか。

数日前、藤から言われた言葉を、比呂は思い出した。誰かと出会うことでしか、心は変わっていかない、と藤は言ったのだ。

「もしそれが本当なら、俺だって、みんなに変えられてるんだろうな。鈴弥にも」

鈴弥は照れたように微笑み、「だったらいいけど」と素直に受け取ってくれた。

互いの間に優しい気持ちが流れ、けれどそうすると、よけいに青月のことが思い出された。

自分は幸せだ。たしかに今はぎくしゃくしている部分もあるが、狗神は比呂のために鈴弥と八咫の神を屋敷に入れてくれるくらいだ。最近、睦言を言わないのもなにか理由があるからで、愛情が冷めたわけではないと信じている。

けれど、青月は？

青月は今も、孤独と不幸せの中にいるのだろう。そう思うだけで、後ろめたかった。

それでも、青月にもまた、自分を変えさせてくれるような存在があれば……と思う。もしかしたらそれは比呂だったかもしれないのに、今はなにもできることがなく、申し訳なく感じる。

物思いに耽ってため息をつくと、鈴弥が敏《さと》く「青月のこと、まだ考えてるんだろ？」と訊いてきた。比呂は鈴弥相手なら叱られないと分かっていて、「うん」と頷いた。

「……俺の家族はここにいるって分かってるけど。結局なに一つ解決してないだろ。助けてって言われたのに、なにもできなかったし、手紙を書く約束も果たせてない」

鈴弥は黙って聞いてくれている。比呂は着ていたパーカーのポケットに手を突っ込み、あるものを取り出した。見せられた鈴弥が、眼を瞠る。

「それ……もしかして、青月の？」

「うん。神殺しの太刀《たち》。渡されて、そのままだったんだ」

比呂が手にしていたのは、青月に「殺してくれ」と言われた時に手渡された、一本の小太刀だった。木切れのようなそれは、青月の本体である大楠から削り出されたもので、青月の真名《まな》がこめられているという。この世で唯一、その神を、人間でも殺すことのできる太刀だ。持ってきた自覚はなかったが、気づくと、着物の袖の中に残っていた。

「せめてこれだけでも返したいけど……どうしていいか分からなくて」

「……オレ、八咫と相談して青月の屋敷に持って行こうか？」

鈴弥が心配げに比呂の顔を覗き込み、小声で訊いてくれた。日本中を旅している彼らだから、青月の住まう場所に立ち寄ることもできるのだろう。今ではもう、比呂は鈴弥を信頼しているし、預けてもいい、と思った。が、やはり考え直す。

「いや、先に……藤と狗神に相談してみる。前もお前に直接頼んで、あの二人を傷つけたし。これも一応、家族の問題……だと思うからさ」

鈴弥はそうか、と言ったけれど、不安そうに付け足した。

「オレも宴で、遠目に、お前に会いたいって暴れてた青月を見たけどさ。……なんか、もうお前しか見えてないみたいだった。あそこまでいくとなにするか分からないし、狗神の屋敷の中にいても、用心したほうがいいと思う」

比呂が素直に分かったと頷くと、鈴弥はそれきり、引き下がってくれた。

それからは青月の話はやめて、他愛のない雑談をした。しばらくすると部屋のほうから藤が顔を出し、比呂と鈴弥を呼んだ。

「比呂様、鈴様。お汁粉がございますよ」

酔いもさめて、ちょうど甘いものがほしくなっていた。鈴弥が喜んで「行こう、比呂」と誘ってくれる。比呂も一緒に立ち上がった。

と、その時間違って、床に置いていた青月の小太刀を庭に落としてしまった。

「比呂?」

振り向いた鈴弥に「先に行ってて」と言って、比呂は庭へ下りた。

落とした小太刀を拾ってポケットに入れようと手にしたその時——比呂は突然、小太刀が焼け付くような光に包まれるのを見た。白い光に視界が染まり、思わず眼をつむる。

同時に、なにかものすごい引力で体が引っ張られるのを感じた。

(なに……っ? 狗神!)

叫んだが、声が出ない。気がつくとまるで誰かに投げ飛ばされたように、比呂はどこかに転げ落ちていた。

青い森の匂いがし、おそるおそる、眼を開ける。そうして息を呑んだ。

そこはもう狗神の屋敷ではなく、狗神の神域のどこかだろう、深い森の中だったのだ。

十一

（どういうこと？）

慌てて立ち上がると、手の中には薄ぼんやりと光る、青月《あおつき》の小太刀《こだち》があった。森は夜の闇に包まれ、不気味なほど静まり返っている。一寸先も見えない暗がりの中で、ふと、なにかが動く気配を感じた。

「……誰か、いるのか？」

訊《き》いたとたん、立ち並ぶ巨樹の陰で獣の唸《うな》るような声がした。不意に鼻先に、すえた肉のような嫌な臭いが漂ってくる。

比呂《ひろ》の心臓は、緊張と恐怖で昂《たか》ぶり始めた。ず、ず、と足を引きずるような音と一緒になにかが近づいてくる。雲に隠れていた月が顔を出し、あたりを照らし出して、比呂は息を止めた。

――眼の前に現れたのは狼《おおかみ》だった。狗神《いぬがみ》ほどもある、巨大な狼。十二本の尾に、暗青色の鋭い眼。ずらりと並んだ牙《きば》、ぜいぜいと荒い息――青月だ。分かると同時に戦慄《せんりつ》を覚える。

青月は、以前の狼姿と比べると、あまりに醜く変わっていた。

口から、なにか黒いものが垂れている。それは青銀色の毛皮にも点々と飛び散り、足の先と尾の先、牙を濡《ぬ》らしていた。

血だ、と比呂は気づいた。

人の血だ。青月の毛はくすみ、ところどころ、まだらに黒く染まっていた。胸のあたりには、赤く大きな傷ができ、そこから青月自身の血がだらだらとこぼれている。あの傷はきっと、青月の胸にあった大きな赤紋だろう、と比呂は気づく。

昼間のアウトレットモールで、西日本から東日本に移動するように、人が襲われる事件が多発している、というニュースを見た。

はっきりした目撃情報はないが、被害者が猛獣ではないかと噂《うわさ》している、とも言っていた。

そのニュースを聞いた時に感じた嫌な予感が、今、ものすごい勢いで膨《ふく》れ上がっていく。

「……青月、お前……人を、傷つけたのか？」

自分に直接害した人間以外を、傷をつけてはならない。

それが神々の掟《おきて》のはず。

犯した者は、祟《たた》り神に堕《お》ちるはず――。

『比呂……探した……西海道《せいかいどう》からここまで……這《は》うようにして来た。比呂に渡したそれがなければ、月白《つきしろ》の神域に入れなかった』

比呂はその言葉にハッと気がついて、手の中の小太刀を見た。青月自身である大楠《おおくすのき》から作り出した、神殺しの太刀。狗神の護りの中で、これだけが青月の手がかりになったのだろう。
じりじりと近寄ってくる青月から逃げるように、比呂は後ずさった。
『やっと見つけた……私と、来てくれるな?』
青月が喋《しゃべ》るたび、肉の腐ったような臭いが流れてくる。ぎらつく瞳は恐ろしく、血走ってい
て、比呂は恐怖に体が震えるのを感じた。
「青月、すぐに手紙を書けなかったことはごめん。俺が悪い。だけど、お願いだから、落ち着
いてよく考えて。お前の周りには、もう既にたくさんの家族や人がいるはずだ。その人たちと
一緒に、どうして待てないの?」
毎日訪れる参拝客。神主などの神職者。そして眷属《けんぞく》。
「お前が愛すべき相手は、もうたくさんいる。失った伴侶《はんりょ》を愛せなかった後悔は分かるけど、
なら尚更、今一緒にいる人たちから大事にしなきゃ、他の誰かのことも大事にはできない」
一言一言、以前も伝えたことをまた、比呂はゆっくりと話した。分かってほしい、考えてほ
しい一心で。
けれど青月は眼を細め、『比呂の言うことは、分からない』と吐き出した。
『どうして比呂は、私を愛してくれない? 月白と私と、なにも違わない』
「俺はお前を嫌ってるわけじゃないよ。ただ、月白への気持ちとは違ってて……お前、俺が前
に言ったことの意味、分かった? 自分で考えた? 本当は俺じゃなくても、お前はいいはず

だって。今いる人たちを、どうして大事にできないんだって——」

繰り返し説得しているうちに、だんだん、腹の奥から言いしれない怒りが湧《わ》いてきた。

青月が日々をどんなふうに過ごしているかは知らない。

けれど比呂は、自分と出会ったばかりの頃の狗神を覚えている。

広い屋敷の中、藤《ふじ》と茜《あかね》、たった二頭の神狼に囲まれ、名前を失い人間に裏切られて荒《すさ》んでいた狗神。

夢の中で見た、古い時代、里人に無償の愛を注いでいた狗神。

比呂と出会い、人々への愛を思い出した時、狗神は辛《つら》そうに泣いた。愛することを忘れていたと、怨《うら》み、憎んでいた己を悔やみ、泣いていた。その健気《けなげ》な姿を見て、比呂は狗神を愛するように変わったのだ。

狗神は今でも、人混みが苦手だと言いながら、一度は裏切られた傷がまだ癒《い》えていないにも拘《かか》わらず、毎日のように神社に赴き、祈りに耳を傾けている。

ほとんどの参拝客は、心から狗神を信じてはいないだろう。ほんのささやかな慰め程度に、神社を訪れているはず。

いるかいないか分からないけれど、いたらいいなと思うほどの、神社を一歩出ればもう忘れてしまうほどの、そんな淡い愛情しか受け取っていなくても、狗神は彼らのことを慈しんでいる。

それ以上の愛情をほしがることもせず、狗神が一人にかける情は、その一人から受け取る情よりずっと大きい。

そしてなにより、比呂を選び、比呂を愛してくれている。

狗神はいつも、愛されることよりも、愛することにばかり気持ちを向けている。

「俺……お前と狗神が、似てるって思ってた。だから放っておけないって……でも、お前と狗神は全然違うんだな」

気がつくと、比呂は絞り出すように言っていた。青月が歩みを止め、じっと比呂を見つめてくる。

比呂はきっぱりと顔をあげ、青月を睨《にら》みつけた。

「狗神は……月白は、里の人のことも、自分の眷属のことも、周りにいる相手をちゃんと愛してた。それは相手の気持ちを、受け取ろうとしてきたからだ。だけどお前は子どもみたいに、ないものねだりしてるだけじゃないか！」

青月の記憶の中で見た、具足姿の里人たち、そしてかわり身になって死んでいた青年の後ろ姿が思い浮かぶと、ただ悲しく、痛く、哀れで胸が締め付けられる。

「本当にあの人たちの気持ちを考えたこと、あるのか？　お前が見てるのは、自分の苦しみだけ。でも、失った伴侶と同じように愛してくれる人は二度といない！　だってそれは、別の人だからだ。お前は結局、相手より自分だ。だから俺や狗神が傷ついても、俺を伴侶にしようとする。俺の気持ちも考えないで、愛せるなんて嘘だ。人を傷つけて祟り神になったら、傷つけた人も苦しめるし、お前の眷属だって悲しむのに、それさえ分かってない！」

一歩青月のほうへ踏み出すと、青月が大きな耳を警戒するように後ろへ伏せる。

「俺が狗神を好きになったのは、あいつが、自分のそばにいる人を……ちゃんと、愛してたからだ。もしお前と先に出会ってても、今もらってるものに気づけない、周りの想いに気づかないようなら、そんなお前を、好きにはならない！」

言い切った後、比呂は無意識のうちに震えていた。ひどい言葉で青月を拒絶した自覚はあったから、なにをされるか分からない恐怖と、罪悪感で、体が竦《すく》んだ。

けれど言わなければならないと、比呂は思った。子どもには、いけないことはいけないと伝えなければならない。

やがて青月は、『私を……見捨てるのか』と呟《つぶや》いた。

『ならばこのまま、生きている意味も空しい』

うつろな声だ。青月はゆらりと上体を揺らす。比呂は眼を見開き、愕然《がくぜん》とした。

青月の青銀色の体についた、黒いしみが大きくなりはじめている。

突如、胸の傷が抉《えぐ》れたように大きく開き、そこから真っ黒な蛇のようなものが、ものすごい速さで飛び出してきた。黒蛇は青月の体に巻きついていく。青月はまがまがしい牙を剝《む》き、まるで今、なにものかに背中から突き刺されたかのように背を反らし、吠《ほ》え猛っている。そうして次の瞬間、口から真っ黒な血を吐き出して身悶《みもだ》えはじめた。

「あ……青月……!?」

その異様な様子に、比呂は足の先から恐怖で震え上がった。一体なにが起きているのか分からない。分かったのは、青月が闇に呑《の》まれようとしていることだけだ――。

もはや言葉でさえない猛り声をあげ、青月が比呂に向かって跳びあがってくる。

(殺される！)

死を覚悟した瞬間、銀色の巨大な塊が、弾丸のように青月に体当たりした。

『比呂様！』

同時に比呂の眼の前には雪のように白い狼が現れた。三本の尾に、狗神ほどではないが巨大な体。その声で、藤だ、と気づく。

『うつけな狗めが……とうとう祟り神に堕ちたか』

吐き出すように唸るのは、狼姿の狗神だった。比呂を護るようにして立つ藤の、更に前で、たった今弾き飛ばした青月に牙を見せ、毛を逆立てて威嚇《いかく》している。

『手を出すなよ、鴉《からす》。これは狗同士の闘いだ』

狗神が、金の瞳をちらりと上向ける。見上げると巨樹の先端に夜の闇より黒い、三本足の巨大な鴉がとまっている。八咫《やた》の神だ。

『言われずとも、そんな物好きはしないさ。死肉くらいはつつくかもしれんが』

冗談なのか本気なのか、そう言うと八咫の神はギャギャギャ、と耳に障る嗤《わら》い声をたてる。

比呂は青ざめ、慌てて藤の、柔らかな首の毛にしがみついた。

「藤！　やめさせて！　青月を殺さないで！」

『比呂様、あれはもう、青月様ではない。ここまで来る途中、何人か人を怪我《けが》させている。祟り神に堕ちたのです』

狼姿になっても美しい、黒い賢げな瞳で、藤が諭してくる。

「でも……」

比呂が反論しようとした時、地面に転がっていた青月が、よろよろと立ち上がった。青銀色の毛はもうほとんど残っていない。口からヘドロのような黒い液体をこぼし、悪臭を放ちながら、青月が狗神に唸る。

『醜悪な……せめてもの情けだ、一撃で殺してくれるわ！』

向かってくる青月に、狗神が怒鳴り声をあげる。その瞬間、比呂は飛び出していた。後ろで藤が、比呂の名前を呼ぶ。

「青月！　思い出して、お前のこと好きな人は、本当にもういないのか！」

比呂は無我夢中で青月を止めようと、両手を突き出す。鋭い牙が、頭に刺さりそうになる
――けれどその時、青月は断末魔の叫び声をあげてその場に転げ落ちた。

『神殺しの太刀か！　よくやったぞ、嫁さん！』

巨樹の上で八咫の神が声をあげ、比呂はハッとした。突き出した手には、青月を殺せる小太刀を握りしめていた。けれどそれは、意図してのことではない。

「青月！」

比呂は小太刀を放り投げ、地面に伸びている青月の頭を抱え上げようとした。黒く染まった毛はべっとりと血濡れ、ひどい悪臭がする。おちくぼんだ眼を覗《のぞ》きこみ、比呂は「待って！待って！」と叫んだ。

「死なせるつもりじゃなかった、死んじゃダメだ！」

「比呂様、もう無理です。あなたのせいじゃない」

人姿になった藤が、慌てて駆け寄ってきて、比呂を青月から引き離そうとした。比呂は後ろの狗神を振り向いた。涙が滝のように溢《あふ》れて、止まらなくなる。

「狗神、助けて。青月を死なせないでやって」

『なにを助ける必要がある。こうなったのは自業自得だ』

不機嫌そうに言った狗神に、比呂は「ダメだ！」と子どものように叫んだ。

「誰かを好きになる気持ちを、知らないまま、死なせたくないんだよ……！」

——たとえばそれは、父親でも母親でもいい。

祖父母でも、兄弟でもいい。

友人でもいい。恋人ができたなら、その人でもいい。

どんな相手でも、いつか好きではなくなってもいい。誰かを好きだったこと。誰かを好きだと思う気持ちが、一度でもあったということ。そのことが、生きていく力になる。その思い出が、何度でも孤独から救ってくれる。それはまた、誰かを好きになれる、誰かを愛せるという希望に繋《つな》がってくれるから。

「青月……お願いだから俺の言うこと、分かって。誰かを好きな気持ち、お前の中にないわけないよ」

比呂はヘドロのような青月の頭を抱き、撫《な》でた。耳の裏と思われる部分を、子どもにするように優しく撫でた。

「俺はお前がかわいそうだ。助けたいけど、できなくて苦しい。お前の望むようには、してあげられなくて辛い。そう感じるのは……お前が好きだからだよ。お前も誰かを想って、痛くて苦しい気持ちになったこと、あるだろ？　伴侶のことを想って、後悔したんだろ？　愛情がなきゃ、後悔はできない──」

溢れた涙がヘドロの上にぽろぽろと落ちる。光を失った眼の中で、青月の眼球がほんの少し、動いたように見えた。

『……どうしたら』

その時、青月の喉《のど》の奥から、低くかすれた声がした。壊れた弦楽器のような、聞きづらい声で、ぜいぜいと荒い息が混じっている。

『どうしたら、あいせ、たのだ……？　ひろは、つきしろのことばかり、いう……わたしだけ、みてくれたのは、しんだあのものだけ……？　しののめは、おとなになれといって……』

——私は、悪いことをしたのか？

やがてそんな言葉が、比呂の耳に届いた。

不意に言い知れない罪悪感が、深いショックが、比呂を襲った。ひどい。ひどいことをした、と気がついた。自分が青月に、ひどいことをしたのだと。

「ごめん……」

声が震え、比呂は青月の頭をかき抱いていた。

「ごめん、俺、俺だってお前を見てなかった。狗神のことが先だった。狗神に似てたから、狗神の眷属を預かってるから、だからお前を心配しただけで……」

愛は苦しみと不安だ。切ないものだ。

そして同時に、身勝手だ——。

「お前、淋しかったんだ。ずっと……愛されても、愛せなかったら、淋しい。かわり身の伴侶を失って淋しかったのに、お前……きっとそのために、泣いたことないんだろ……？」

見てきたわけでもないのに、なぜかそんな気がした。かっていた伴侶が、なぜ青月の身代わりとなって死んだのか。それは青月を愛していたからだと教えてくれる人はいても、青月がそのせいで抱えた、自分ですら知らない淋しさを、淋しさだと教えてくれる人は、きっといなかったに違いない。

誰かのために泣くことも、淋しがることも、青月は知らない。自分の心がなにをほしがり、なんのために傷ついているかさえ、きっと考えたことがない。考える方法も、知らないのかもしれない。

『そうか、わたし、ハ、サビシイ……』

吐息のあと、青月の眼球がヘドロの中に落ちくぼんでいく。声もよりいっそう機械的になり、もう聞こえなくなった。

「……ごめん。なんにも分かってなくて、ごめん。もっと早く、お前をきちんと、見てたらよかった。俺、勝手だった――」

本来の意味の伴侶としてではなく、青月が比呂に求めていたのは、ただ淋しいからそばにいてほしい。ごく単純にそれだけのことで、それができるかどうかより、そう思っている青月の気持ちをちゃんと受け止めるほうが先だったのにと、今になって比呂は気づいた。

「比呂様……」

聞いていた藤が、痛ましげに比呂を呼ぶ。人姿になった狗神が、眉《まゆ》を寄せて忌々《いまいま》しげにため息をつく。

「……一度だけだぞ。青月には、五十年前の恩義もあるからな」

そう呟くと、狗神は青月の頭の上にしゃがみこみ、親指を中にして、自分の手をぎゅっと握りしめた。その手のひらから、銀色にきらめく血が数滴、青月の口の中へと垂れていく。

「今、助けるかわりに、貴様が眼を覚ましたら、一つ私の言うことをきいてもらう。これが契約だ。承知できるなら、本来の姿になるがいい。……もっとも、貴様の中に、まだ神らしい部分が残っていればだが――」

手を貸してくれた狗神に、比呂が顔をあげると、狗神は舌打ちまじりに言う。

「助かるかどうかは、青月次第だ。命の底に、人への情があるなら戻ってくるだろう」

命の底に、情があれば。

青月でさえ自覚できていない、誰かへの愛が少しでもあるなら、戻ってこれるはず。比呂は祈るように青月を見つめた。

不意に黒い体が鈍く光り出し、気がつくとヘドロのようだった黒い血もきれいに消えて、比呂の腕の中には、青銀色の毛をした狼がいた。それは茜よりもまだ小さい、ほんの子狼だ。子狼は眼を閉じて眠っている。

「……生きてる」

子狼を抱き上げ、その体温に、比呂は体中から力が抜けていくような、そんな安堵《あんど》を覚えた。胸元の傷も消えている。とたん、どっと涙が溢れ、比呂は嗚咽《おえつ》を漏《も》らして青月を抱きしめていた。

「青月様の心の中には、情が残っていたようですね。……もしかしたら最後の最後に、やっと比呂様自身を、想ったのかも……」

藤が言い、比呂の横に腰を下ろす。そうだろうか、と比呂は思った。

寝ている青月は、母親に甘えるように比呂の胸に鼻を押し当て、こすりつけてくる。

「最初の練習が、足りなかったんですよ。愛する練習が……神とはいえ、子どものうちには親が必要ですから。お力がありすぎて早く大人になってしまったのでしょうが……きっと青月様のお心は、まだ子どものままだったのです」

「……じゃあこれからもう一度学び直せば、大丈夫になる？」

「さあ。分かりませんが。きっと」

と言って、藤はちらりと狗神のほうを見た。そうして小さな声で、比呂にだけ聞こえるように付け加えた。

「少なくとも私は、そうなるように旦那様をお育てしました」

そうなのか。普段、そんなことを打ち明けない藤がわざわざ告白してくれて、比呂は驚いたけれど、狗神の手前声は出さずに眼を丸くするだけに止めておいた。

「生き残ったはいいが、力の大部分は、闇に呑まれてしまったようだぞ。今はこの姿を維持するのに精一杯というところだろ」

いつの間にか人姿になった八咫の神が、木の上から下りてくる。

「このままじゃ、当分青月のやつ、起きそうにない。起きてもこんなチビじゃあ、西まで帰るのは無理だ。今のデカい神域を保つのも難しいだろうよ」

首を傾げた八咫の神に、「オレたちで青月の屋敷まで連れて行こう」と言う声がした。

見ると、木の陰から、これまでの経緯を隠れて見ていたらしい鈴弥《すずや》が、茜を連れて出てくる。

「比呂さまっ！　比呂さまあっ」

茜が、泣きながら比呂に飛びついてきた。耳を伏せ、尻尾《しっぽ》をぶるぶる震わせている茜は、相当怖い思いをしたのだろう。比呂はその小さな頭を、慰めるために撫でてやった。

「オレたちが、とは、俺のことも入ってるのかね。鈴弥」

八咫の神が言い、鈴弥が「当たり前だろ」と自分の伴侶を睨んだ。

「そもそも、今回のことはオレが比呂と青月を会わせたせいだし……八咫もそれに協力したんだから。返すべき借りは、いくつもある」

「借りたものは返さない主義なんだがなあ。西までは遠いぞー」

「一晩もあれば飛べるだろ。我《わ》が儘《まま》言うなよ」

痴話喧嘩《ちわげんか》のような、じゃれあいのような言い争いをし始めた八咫の神と鈴弥に、

「いや、青月は、私と比呂で連れて行く」

狗神が突然、口を挟《はさ》んだので、比呂はびっくりした。

眼を剝いたのは藤で、「なにを仰《おっしゃ》います！」と声を荒らげる。

「西まで移動するなど、どれだけの神々の土地を通るか、お分かりですか？　ここにいる鴉の

ように、普段から放蕩三昧《ほうとうざんまい》ならまだしも……」

「藤、俺は放蕩じゃなくて、放浪だぞ?」

八咫の神の言葉を無視し、藤は続ける。

「旦那様は、宴でも紫紺《しこん》座に座られた高貴なお方。鬱金《うこん》座風情の鴉とは訳が違うのですから……」

「鬱金座風情の鴉とは、もしかすると俺のことかなあ」

「通り道の神々が、大騒ぎになります。大きな神気に慣れていない神などは、アイドルに会った追っかけの主婦のように卒倒してしまい……」

「お前、なにを言っているのか分からんぞ、藤」

狗神が眉を寄せ「とにかく」と強引に話をまとめた。

「行くと言ったら行くのだ。いいから支度せよ。今回は、お前と茜は留守番だ。よいな」

藤は白い頬《ほお》を真っ赤にし、あからさまに怒っていたが、これ以上言っても主人の気は変わらないと諦《あきら》めたらしい。

「なら、赤福と八つ橋は忘れずに買ってきてください。紅葉《もみじ》まんじゅうと通りもんも。お土産《みやげ》を忘れたら許しませんからね!」

ぴしゃりと言って、先に歩き出してしまう。どうして自分と二人で、青月を連れて行くと狗神が言い出したのか分からない比呂はちらり、と狗神を見上げた。

「少し長い旅になる。動きやすい服を用意しておけ」

けれど狗神はそう言っただけだった。見下ろすと、腕の中では子犬のような青月が眠っていた。起きる気配はまるでないが、その顔は安らかで、呼吸するたび、小さなお腹が上下している。

「比呂さま、かわいいですね」

比呂の腕を覗きこんで、茜が起こさないようにか、そっと言った。自分より小さな狼を見るのは初めてらしい、茜は不思議そうに眼をきらきらとさせていた。

「うん。……可愛《かわい》いな」

頭を撫でてやると、青月は気持ちよさそうに尾を揺らした。いつの間にかその尻尾も、たった一本になっている。茜が手を伸ばし、おずおずと青月を撫でた。心地よさそうに身じろいだ青月に、茜が微笑《ほほえ》む。

「おっきしたら、茜とあそんでくれるかなあ」

事態が分かっていないのか、無邪気に言う茜に、比呂は笑って「かもな」と言った。言ってから、そうだといいな、と思う。

(次は、茜と遊べるような……そんなふうに生きてほしい)

眼が覚めたら、今度こそ近くにいる誰かのことを、好きになってほしいと思う。好きでいる自分の心に、気づいてほしいと願う。ゆっくりでいいから、愛する心を自然と、育てていってほしい。他人だけじゃなく、自分のことを愛する心も。

そうすれば、自分の淋しさを、自分で癒せるだろうから。

願うことしかできないもどかしさの中で、比呂は茜の手をひいて立ち上がった。

そうして、すぐ近くで待っていた狗神の元へ駆け寄った。


藤が通り道という通り道の神々に申し入れをし、旅の手はずが整うまでに二日ほど時間がかかった。

以前、比呂も聞いたことだが、日本の土地はすべてなにかしらの神の土地だという。神域の大きさは様々で、狗神のように山を一つ持っているような神もいれば、町中の小さな神社の境《けい》内《だい》だけを神域にしている神もいる。

どちらにしろ、他の神の神域に勝手に入ることは無礼であり、神域を持たずに年がら年中放浪している八咫の神ほど顔が売れているならまだしも、普段自分の土地に引きこもっている神がいくつもの神域を通り抜けていくのは大変なことなのだそうだ。

しかも、狗神は神々の中でも神気の大きさで言うなら上位で、力の弱い神々の中には自分の土地を奪われるのではと恐れ、神経質になる者もあるらしい。

そんなわけで、ただ通っていくだけでも大変なことであり、それも、狗神の神域から青月の神域まではとてつもない距離で、申し入れする数も膨大《ぼうだい》らしく、藤は二日間ずっと機嫌が悪かった。

「迷惑をかけたのは向こうなのです。あちらの眷族に迎えにこさせればいいものを」

「青月がこの状態では、眷族たちも痛手を負っているだろう。こちらが連れて行く方が早い」

「そもそも、青月様自身はなんの申し入れもせず、勝手に西からこちらまで歩いてきたのです。あちこちの神々が怒りに怒っているのですよ。それを丁寧に運んでやるなど、紫紺座の神の威光に傷が付きます」

「数晩出ただけの宴の席に、お前はまだこだわっているのか」

「こだわりますとも！　つい先日まで、どこの神々も旦那様を死に損ないと嗤っていたのですからね！　いい気味です！」

藤と狗神は朝からずっとこの調子で、下手に仲裁などしようものならとばっちりを食らうので、比呂はなにも言わずに自分の準備に専念した。

動きやすい服を、と言われたので着物ではなく洋服を用意したが、礼儀にうるさい藤も、

「青月様に礼を尽くす必要もありません。ジーンズにスニーカーで十分です」

と、むしろ比呂の格好を奨励する様子だった。

「まったく、旦那様は変なところでお優しいのですから……」

二人きりになった時、藤がそう漏らし、比呂はなんだか藤が愛しかった。自分の大事な狗神

のことを、同じく大事にしてくれているからこそ、心配してくれている藤の優しさを感じたせいだ。

「俺、そばで見てるから。大丈夫だよ、藤」

「あなたはもっと、もっともっと、人が好きすぎるのですから、なんの説得力もありません！二人そろって、万年甘味夫婦ですからね！」

気が立っている藤はそんなことまで言って、逆に比呂を笑わせた。

その間、青月はやはり昏々《こんこん》と眠り続け、茜がしょっちゅうその寝顔を覗きこんでは、優しく撫でてやっていた。

出発の日が来て、比呂は青月を柔らかなおくるみに包んで抱いた。

鈴弥と八咫の神は、茜と藤二人きりになる屋敷で、比呂と狗神が戻るまで留守番をしてくれることになった。正直、狗神が八咫の神にそんなことを頼むのは意外だったが、理由を訊くと、

「鈴弥はお前が好きらしい。そして八咫は鈴弥が悲しむことはしないだろう」

とのことだった。

狗神がそう言ったからには、あの二人も、なんとなくだが上手《うま》くいこうとしているのかもしれない、と感じて、比呂は嬉《うれ》しかった。

（それにしても前なら、もっと感情的になって、鴉なんか追い出せ！　って感じだったのに）

宴から帰ってきて、ずっとなにか考えているような狗神だが、比呂のために鈴弥を呼んでく

れたことや、結局青月を助けてくれたことを考え合わせると、眼には見えないが、大きな心の変化があったのではないか、という気がする。

もっともそれは、つい先日、鈴弥に、

「狗神も変わった」

と言われたから、思うようになったことだったが。

「とりあえず、人間の風習に『新婚旅行』というものがある、と言い訳して通るのを許してもらいましたから、くれぐれも失礼のないように」

見送る時、藤は厳しくそう言い含めてきた。

淋しがる茜、そして八咫と鈴弥にも見送られ、比呂は狗神と西の地へと旅だった。

ダウンコートにジーンズを着て、おくるみにくるんだ青月をコートの内側に入れ、狼姿になった狗神の背に乗った。

新幹線や飛行機を使うでもなく、狗神は不思議な力で空を駆け、比呂は日本の山や町を下に見下ろしながら、あっという間に九州の、温暖な土地へと連れて行かれていた。

「青月の屋敷って、どこにあるの？」

『あそこだ、今降りる』

言われて見下ろすと、美しい森に囲まれた崖《がけ》の一角に、なにやら建物らしき影が見えた。そしていつしか、比呂は見知らぬ土地の、鳥居の下に立っていた。

（これが……青月の屋敷？）

それは、比呂の想像していた建物とはかなり違っていた。鳥居こそ大きな石造りで立派だったが、建物は朽ち果てて瓦礫《がれき》となっていた。

「月白様。ご無沙汰《ぶさた》しております」

と、その時、瓦礫の間から一人の青年が姿を現した。淡い曙《あけぼの》色の耳に、四本の尾を垂らした、美貌《びぼう》の青年だ。藤に似て中性的だが、藤よりずっと儚《はかな》げで優しげだった。彼を見ると、人の姿になった狗神は眼を細めて「東雲《しののめ》か」と呟いた。どうやら、知り合いのようだ。

「旦那様のご神気が弱まり、人姿を保つことができず……。耳も尾も出した、不作法な姿でのご挨拶《あいさつ》、申し訳ございません。また、我が主《あるじ》の無礼、心よりお詫《わ》び申し上げます」

東雲と呼ばれた青年はその場に膝《ひざ》をつき、深々と頭を下げた。すると彼の周りに、何頭もの狼たちが集まってきて、同じように頭を下げる。

どれも、やや大きな犬程度の、普通の大きさの狼たちだった。

「お前以外の者たちは、みな、青月の神気が届かず、獣の姿に戻ったのだな」

「はい。山吹《やまぶき》」

ふと東雲が声をかけると、その名のとおり山吹色の毛並みをした、比較的大きな狼が前に出てきて、狗神の足下に伏せた。耳も尻尾も伸ばし、まるで服従するように眼を閉じている。

狗神はその狼の額に、一度だけそっと触れ、

「比呂、東雲に青月を渡してやれ」

と、言った。

比呂は慌ててコートの中からおくるみを取り出すと、東雲に眠っている青月を渡した。子狼になってしまった主を見て、東雲はなにを思ったのだろう。悲しげなその眼に、涙が浮かび上がってくるのを見て、比呂は憐《あわ》れにも、申し訳なくも感じ、胸が締め付けられた。

「あの……すいません。こんなことになってしまって」

自分が悪いのかもよく分からなかったけれど、東雲がかわいそうに見えて言うと、彼は首を横に振ってくれた。

「いえ。……かえってよかったのです。むしろこれが旦那様のお心の、本来の姿ですから」

愛することも、愛されることも、まだこれからの子ども。

本当の青月は、ずっとそうだったのだと、東雲は呟いた。

「生まれた時から、大きな神域を持ち、たくさんの人々に必要とされ、神気に溢れ……それに見合うよう、姿だけ大人になってしまった。私の、落ち度です……今度はゆっくりと、お育てします」

眼を閉じた東雲の涙が、眠っている青月の毛並みの上に落ちる。東雲は大事そうに、愛しみをこめて、青月の頭を撫でてあげている。

「……あの、眼が覚めたら、眼が覚めるまでも、いっぱい、愛してあげてください」

訊かなくとも、きっとこれまでもそうしてきたのだろうと分かる東雲に、それでもあえて言う。

　すると東雲は顔をあげ、少し淋しそうに微笑んでくれた。曙色の美しい眼には、慈愛が溢れているように、比呂には感じられた。

「月白様、我が儘ついでに、一つだけお願いをきいていただけますか。もちろん、いずれご恩はお返しいたします」

　東雲が狗神に向き直り、自分の周りに集まった、何十頭もの狼たちを見回した。

「この神狼たちを、預かってほしいのです。もちろん、山吹をはじめ、月白様のもともとのご眷族も。旦那様には、もはや養えませぬゆえ」

　東雲の言葉に、比呂はハッとして狗神の足下にいる、山吹色の狼を見た。その狼は、狗神の元の眷族らしい。

「最初は月白様の元の眷族だけ……とも思いましたが、中には、我が主の眷族と、月白様の眷族で夫婦になった狼もおります。引き離すのはかわいそうですから……どうぞ、お慈悲を」

　狗神がどう返事をするのか、ちょっと前なら「知らぬ」「要らぬ」と言っていただろうことを思うと緊張し、比呂はドキドキと胸が早鳴るのを覚えた。けれど狗神は、答えを求めるように比呂を振り向いてきた。

「……比呂。預かってもよいか？」

訊かれて、比呂は驚いてしまった。こんなことを相談されたのは初めてだった。そのうえ、狗神は東雲の頼みを聞き、眷族たちを迎えようとしている――。

びっくりしたのと嬉しいのとで、比呂の頬が紅潮した。

「う、うん。もちろん！」

力んで言うと、狗神の足下にいた山吹がパッと立ち上がり、わんっと吠えた。

尻尾をぶんぶん振りながら、舌を出して、狗神を見上げる。犬が主人に会えて大喜びし、撫でてもらうのを待っているような、そんな反応だ。

（やっぱり……狗神の眷族は、狗神を待ってたんだ）

そう思うと、自分のことのように嬉しくて胸がいっぱいになった。

「山吹、私が道をつけておいた。神々にも話してある。みなを連れて、屋敷まで行けるな？」

狗神が、山吹と呼ばれた狼の額にもう一度触れると、その指先から銀色の光が、山吹に灯った。

とたん、山吹の体は巨大化し、狼姿の時の狗神と、ほとんど変わらないまでになった。尾もいつの間にか、二本に増えている。けれど懐いた感じだけは変わらず、犬のように元気いっぱいに吠えると、二本の尾をぶんぶん振りながら、山吹は後ろの狼たちを振り返った。

そうして彼らを引き連れ、鳥居の外へと飛び出していく。

「お、追いかけなくていいの？」

なにがなにやら、よく分からないので戸惑いながら訊くと、狗神は「いい。先に帰れるはずだ」と素っ気なかった。

「ではな、東雲。五十年前の恩義もある。なにかあれば、相談に乗る」

そう言う狗神に、東雲は静かに頭を下げた。比呂は最後にもう一度、東雲の腕の中にいる青月の鼻を、優しく撫でた。

「元気になったら……会いに来て。その時は、いっぱい遊ぼうな」

そう言いながらふと、

（結局、狗神と青月は全然違ってた……一緒だったのは、助けてあげられない相手の不安を、どうにかしてやりたいばっかりの、俺の不安のほうだった）

小さな後悔とともに、そんなことに比呂は気づいた。

青月は眼を開けず、眠りこけたまま寝言のような鳴き声をたてて東雲の胸に鼻を埋めた。

比呂は肩を引き寄せられたと思うと、もう瞬く間に狼姿の狗神の背に乗せられ、空に舞っていた。

振り返ると東雲が、壊れた屋敷の中で、子狼の青月を愛しげに抱いている。その姿はすぐにごま粒のように小さくなり、消えてしまった。

「……本当に、これでよかったのかな」

青月のことも東雲のことも気がかりで呟くと、狗神が『よかったと信じるしかない』と言った。

『東雲がいる。あれは愛情深い狼だ。次は上手に、育てるだろう』

あちらはあちらで、べつの家族のことなのだ。遠い場所から、信じて待つだけしかできないのだと言われた気がして、比呂はもう不安を口にしないと、決めた。

信じて待つ難しさは、もう知っている。けれどそんなことは、本当は当たり前のことなのだ。

愛すること、信じることは、簡単だからできるわけでも、するわけでもない。

どんなに難しくても、そうしたいからするのだ。

明日もまた一日、その次の日もまた一日、ちゃんと、生きていくために。

十二

青月《あおつき》の屋敷を出て、すぐに家に戻るものだと思っていた比呂《ひろ》だが、狗神《いぬがみ》が比呂を降ろした場所は見知らぬ土地だった。

山深い田舎だったが、まるきり山の中というわけではなく、ちらほらと人家があり、アスファルトの道路も通っている。冬の今は、山のあちこちに雪が残っていた。

どこだろうと不思議に思っていると、人姿に変わった狗神は、着物ではなく仕立てのいい黒のスーツを着ており、手にはボストンバッグを持っていた。

「えっ、なにそれ……なんでその格好？　その荷物も……なに？　どうしたの？」

驚いている比呂の手を無言でとると、狗神はどんどんと歩いて行く。田舎で人もいないが、下界で男同士手を握っているのはいかがなものかと恥ずかしくなり、比呂は「い、狗神」と慌てた。

一分ほど歩いたところで、アスファルトが途切れ、きれいに整備された雑木林の中へ、飛び石の道が続いていた。

狗神についてそこを歩いて行くと、木々が途切れたところで、立派な木造建築が見えて比呂は眼を丸くした。それはどう見ても、歴史のありそうな温泉宿だった。

（宿？　え？　ここ、どっかの神様のお屋敷？）

なにがなにやら分からぬまま宿の前まで行くと、迎えてくれたのはスズメ頭の女たち……ではなく、ごく普通の、人間の女性たちだった。みなきれいに着物を着ており、若女将《おかみ》らしき人が一人、一緒に出迎えてくれる。

彼女たちは狗神の姿を見ると、その浮世離れした美しさに打たれたのだろう、頬を染め、一瞬うっとりと眺めていた。けれどさすがは高級宿の従業員というところか、すぐに気を取り直し、なにごともなかったように、深々と頭を下げる。

「ご予約の狗神様ですね。お待ちしておりました」

比呂と狗神が案内されたのは、十畳間に六畳の次の間、十畳の寝室がついた広い部屋だった。角部屋で、居室に面して広縁が設けられ、雪に濡れた木々が見える。浴室は全面ガラス張りになっており、銭湯並みに広い浴槽に、天然の温泉が湧いていた。木のテーブル一つとっても、鏡のように磨き上げられ、戸外の景色を映すほど輝いている。

「な、なあ、ここなに？　もしかして下界の高級旅館？」

こんなところ、テレビでしか見たことがない比呂は今さらのように焦り、自分のカジュアルな服装が恥ずかしくなってきた。

「どう見てもそうだろう。藤《ふじ》に手配してもらった。ここに一泊してから帰るぞ」

「え、ええ？　な、なんで？」

「なんで？　新婚旅行ではないのか。これは」

眉を寄せ、逆に不審そうに訊き返されて、比呂は呆気《あっけ》にとられた。新婚旅行というのは、藤が神々に申し入れをする際に使った口実だったはずだ。一体いつの間にこういう計画をしていたのだろうと、正直驚くやら、自分でもよく分からないが妙にときめくやらで、今更のように照れくさく、比呂は頬に熱がのぼってくるのを感じた。

「狗神様、失礼いたします。ご挨拶、よろしいでしょうか」

比呂が一人でのぼせている間に、宿の女将らしき、貫禄《かんろく》のある女性が部屋に訪れた。

（こういうの、テレビで見たことある……）

二十年以上人間社会で生きてきた比呂だが、田舎で貧乏暮らしを続けていただけなので、こういう旅館に泊まったことはもちろんなかった。旅行といえば修学旅行くらいしかしたことがない。それにしても、モデルも家族サービスという言葉も知らない狗神が、普通に対応できるのかと心配したが、なんの問題もなかった。

むしろ、いつものお殿様気質が功を奏したように、女将は狗神をよほどの金持ちか名家の人だと思い込んでいる様子だった。

「武野神《たけのかみ》様からのご紹介ありがとうございます」

最後に女将がそう言って出て行き、やっと落ち着いてきた比呂は、もしやと思って狗神に訊く。

「武野神って……神様？」

「ああ。このあたり一帯の山林を根城にしている。この宿にはよく泊まるというから、紹介を頼んだ」

「……ふうん。神様同士でもそういうことあるんだ。仲良しなの？」

「普通だ。だが鹿《しか》の姿の神だからな、草を食う神はおとなしい」

「あっそう、そういう区分なわけ」

なんだか気が抜けて、比呂は笑ってしまった。そういえば今まで会ってきた熊だの鴉だのの神は、どれも肉食の獣だ。それに比べれば草食動物の姿をとっている神とのほうがうまくやれる、ということなのかもしれない。

(まあ、こいつと生きていくってなると、いろいろ驚いてても仕方ないのかも……)

と思っていると、狗神が比呂の分も浴衣《ゆかた》を出してきてくれて、早速また驚かされる。

「時間がもう夕刻だからな。食事を先に用意してもらう。食べてから風呂でいいか？」

甲斐甲斐《かいがい》しくも訊いてくれる狗神に、比呂は少し眼を見開きながら、浴衣を受け取る。

「うん。……あ、ありがとう」

狗神はさっさと着替えてしまい、比呂も浴衣姿になる。狗神の屋敷で暮らすようになって、初めの頃こそ茜《あかね》に着付けを手伝ってもらっていたが、今では浴衣も着物も一通り、自分で着られるようになった。暗い藍地《あいじ》の浴衣に角帯を貝の口に結び、羽織を着たところで、「夕飯がご準備できました」と声がかかる。それまで閉じられていた次の間への襖《ふすま》を開けると、そこに部屋食が用意されていて、その豪華さと、見た目の華やかさに比呂は声をあげそうになるのを抑えねばならなかった。

仲居の女性二人が、狗神の浴衣姿に見とれてため息をつく。そして比呂のほうを見た時は、なぜか意外そうに眼をしばたたき、それから頭を下げて出て行った。

「……俺、なんか変？　お前が見られる理由は分かるけどさ」

席につきながら、比呂はそわそわと言った。普段屋敷にいる時には気にしないが、下界に下りてくると、狗神のような美男子の傍《かたわ》らにいるのがあまりに不似合いで、嗤われているのでは、という卑屈な考えがチラチラと浮かんでしまうのだ。

「思ったよりも和服に慣れている様子なので驚いたのだろう。藤が言うには、人間で言うと、お前はげんだいっこ風、なのだそうだな。げんだいっことはなんだかよく分からんが……お前の淑やかさに気づいている人間は少ないとか……」

「し、淑やかなわけないだろ、俺が」

バカじゃないのか、と思い、比呂は頰を赤くして狗神の話を遮《さえぎ》った。狗神はムッとしたように眉を寄せている。

「なにを言う。お前ほど美しい人間がどこにいる。お前は肌がきれいで、眼もきらめいているし、性格も愛らしい。体も、いつも私の愛撫《あいぶ》にすぐに桃色に染まり……」

「食べる前にやめろよっ、もう分かったから！」

比呂は慌てて狗神の話を終わらせ、料理に眼を向けた。それはもう、眼にも鮮やかな美しい懐石料理だった。

先付《せきづけ》は数の子のはりはり漬け、御椀はどんことホタテ、春菊のおすまし。伊勢エビの盛られた刺身は鯛《たい》や平目がきれいに並び、どれも口にするとぷりぷりとした歯ごたえのある新鮮な食感だった。焼き物にはアワビ。ふんだんに海胆《うに》の載った贅沢《ぜいたく》な一品で、口にするとバターの風味がくわわって、いつまでも食べていたくなるような味だった。

他にも強い肴《しざかな》、凌《しの》ぎ、炊《た》き合わせとどれも上品かつ、奥行きのあるものばかりで、比呂はなにを口にしても飽きずに歓声をあげた。

「こんな美味《おい》しいものって世の中にあるんだな……」

普段食べている、藤の料理も相当美味しいが、これはこれでまったく違う味だ。未知の体験に、思わずため息がこぼれる。

「まあ、悪くはないな」

と、狗神の感想はその程度だったが、もともと食事をしなくていい狗神が、そんなふうに言うだけでもかなり美味しいということだ。料理が美味しいので酒も進み、飲んでも飲んでも顔色の変わらない狗神と違い、最後の水菓子が出てくる頃には、比呂はすっかり良い気分になっていた。

「風呂に行くか」

と狗神に誘われ、比呂はおとなしく、ついていった。酔っていたので足元がふらふらする。狗神がそんな比呂を支えて、抱きかかえるようにしてくれた。

「お前、同じくらい飲んでたのになんで全然酔ってないんだよー」

「酒は酔うためのものではないぞ。もとは、人間たちが神と同じ霊威にあやかるために作ったものだ。儀式の際の、奉納物だったからな」

「……そういう難しい話はよく分かんない」

比呂が言うと、狗神はため息をついたが、浴室へ来ると比呂の浴衣を脱がしてくれた。そればかりか、入る前に軽く背中を流してくれたし、湯船の中には抱いて運んでくれた。

酔っ払ってふわふわとした心地のまま、比呂はされるがまま狗神に身を任せていたが、少しびっくりしていた。

(こんなやつだったたっけなあ……)

愛情深いほうなのは知っているが、ここまで甲斐甲斐しく世話を焼かれたのは初めてだ。

それにこの宿に来てからの狗神は、今までの狗神よりずっと大人びて感じられた。一見すれば、本当にどこかの名家の出の男。ともすれば、仲居たちには、なにかそれなりに仕事で成功している男に思われているかもしれない。それくらい世慣れて、落ち着いているように見えた。

「……お前、変わったなあ」

気がつくと比呂は、浴槽の縁、檜《ひのき》の上にこてんと頭を乗せて、呟いていた。隣の狗神が、比呂を見下ろす。

「宴から帰ってきて。なんか、変わった。鈴弥も言ってたよ。……うまく言えないけど、前より大人になった感じ。ずっと色々考えてるみたいだし」

――それに、前みたいに俺に、好きだって言わないし。

という言葉は、すんでのところで飲み込む。

行灯《あんどん》風の淡い灯りに照らされ、風呂の中は薄明るい。硝子《ガラス》張りの向こうでは雪景色が広がり、空には星が輝いている。

「ここ……連れてきてくれてありがとうな。俺のためだろ?」

そもそも自分の神域の、アウトレットモールに行くのさえ面倒くさがる狗神が、わざわざ人間世界の、それも自分の神域ではない場所で宿をとりたがるわけがない。鈴弥と八咫を屋敷に招いてくれたこともそうだが、狗神は比呂のために、そうしてくれたのだろうと、訊かなくても分かる。

どうしてそこまでしてくれたのか、理由は分からないけれど、それでも感謝したくてそっと言うと、狗神の腕が伸びてくる。長い指で頬をくすぐられて、比呂はそれに眼を細める。

「宴で、一緒に湯につかれなかったからな。……それに、話したいことがあった」

話したいこと。静かな声に含まれる、いつになく真剣な響きに、比呂は身を起こした。乳白色の湯がちゃぷん、と音をたてる。

「今回のことで、私なりに色々と考えたのだ。お前が眷族を迎え入れようとしたこと、それで危険な目に遭ったこと、青月のことや眷族たちのことや……色々とあったが、一応は丸くおさまった。だが……根本的にはなにも変わっていない。私はお前を失いたくないと言い、お前はいざとなれば、自分の命を差し出すと言う」

長い睫毛《まつげ》をやや伏せて、狗神が痛みをこらえるように、そこで一度言葉を句切った。

「眷族のことは……お前にも事情があったんだろ。青月が祟り神にならないようにとも思ってたんだろうし……それに、最後は養うことにしてくれたし」

「問題はそういうことではないのだ。私たちは想い合っている。だが心は別々にあって、まったく同じように考えることはできない。……そしてできないから、私はお前を愛しく思う」

久しぶりに聞いた、愛しい、という言葉に比呂はやはり嬉しくて、胸がきゅっと締め付けられる気がした。けれど今はそういう話の流れではないから、口には出さない。

「それでも、心は合わせ鏡だ。初めにお前を愛しく感じたのは、お前が私を……愛しんでくれたからだ。そんなふうに、お前の心が私を開いてくれたのだとしたら、逆もある。私の不安が、お前を不安にさせ、私の苦しみがお前を苦しめていたのだと」

自分を責めるような狗神の言葉に、比呂は反射的に「狗神、待って」と言っていた。

「あのさ……それはそうかもしれないけど、でも、お前が悪いんじゃない。藤に何度も言われてたんだ。信じて待つことも大事だって。お前はまだ、人間の裏切りに遭った傷も、一度俺を失いかけた傷も癒えてない。だから、無理しなくてよかったんだ。なのに俺が焦って……俺はもう、勝手なことなるべくしないようにしてみるから」

「だとしても、その傷はいつ癒える？　時が解決してくれるものもあるだろう。だが、私は、お前がそばにいるのに怯《おび》えている。私が自分の不安を放っておけば、お前に、自分さえいなければよかったのではと考えさせる。愛も情もそばにあるのに、それが見えていないのでは、青月と同じだ……」

狗神は眉を寄せ、「私も、青月のようになりかけていた」と言った。

「お前がいてくれるだけで幸せなはずが、未来のことまでないものねだりをしていた。結局、自分の心を腐らせるのは自分だ。お前が言ったとおり、私は青月と似ていた」

「それは違う。俺は謝らなきゃ」

比呂は急いで、言葉を足した。

「俺、青月とお前が似てるって言ったけど、違ってたと思う。青月は愛情に気づいてなくて、お前は愛情がありすぎて、苦しんでたんだ。……一緒にしたのは、それこそ俺の不安のせいだ。お前や青月を信じずに、なにかしてやらなきゃって、傲慢《ごうまん》だった」

「そのお節介が、お前のいいところだと思うが」

小さく狗神が微笑んだので、比呂は許されたようで安心し、肩から力を抜いた。けれど狗神はなにか思い出したように、眼を伏せて呟く。

「……だが、あるものに感謝できずに、不安に負けていたという点では、同じだったと思う。青月が、自分の中の情に気づいて生き延びたように、私も、私の幸福に気づいていたい」

今度は真っ直ぐに眼を覗かれ、比呂は言葉を失った。

狗神の眼差しが、あまりに真剣だったからだ。

「私の不安がお前を不安にさせているのなら、私は私の恐れと闘う。お前に、二度と考えさせぬ。自分がいないほうが、私が幸せだったなどという、戯《たわ》けたことは、二度と」

狗神の口調は強かった。荒々しいというのではない、威嚇するわけでもない、重い決意を秘めたような、そんな声だった。

真っ直ぐに見つめられ、比呂はまるで打たれたように声を失い、狗神を見つめていた。

「お前と出会えたことに感謝している。……分からぬ明日に悩むより、今ともにある喜びを感じて生きたい」

「狗神……」

狗神の眼にはどこか安らいだ、優しいものが映っていた。狗神は変わったのだと、比呂は思った。自分の心と向き合い、答えを導き出した。自分で自分を変えた。

ですから。

——では、私たちは互いに少し、成長したのですね。相手の立場になることが、できたわけ

優しく微笑んでくれていた、いつかの藤の言葉を思い出す。

出会って、関わり合って、愛したり憎んだり、許したりする中で、少しずつ互いに変わって

いく。始まりは相手の心に動かされたことが原因でも、変わる時はみんな、自分で自分を変え

る。そうしてまた少し、寄り添いあえる力が、強くなる。

狗神が自分の恐怖や不安と闘うのは、狗神の闘いだ。比呂はそばで、信じていようと思った。

けれど、自分がいないほうが、狗神が幸せだったのかもしれないと思う心とは、比呂が闘う。

信じて待てなくなりそうな不安とも、比呂が闘うのだ。

（俺たち、ちょっとずつ成長できたのかな……？　青月にとっても、この結果が、良かったこ

とになってくれたら……）

湯の中で伸ばした手で、比呂は狗神の手を探り当て、そっと握った。

温かな手。この温かさが——好きなのだと、やっぱり変わらずに思う。

心の中に嬉しい、誇らしい気持ちがいっぱいに広がってくる。神々の世界で半年前、人間の

時間でいうなら三年半前。

一度は離れていた狗神の手をとり、もう一度伴侶になりたいと願った時、比呂は言った。

「……人と人が一生一緒にいようって決める時も……本当は、死ぬまで同じ気持ちでいられる

か、自信なんてない。それでも一緒にいたいって気持ちだけ信じて、手を取り合う。愛するから、怖くなる。誰でもそうだって」

「ああ、お前はそう言って、私に求婚したな」

湯の中で比呂の手を握り返してくれながら、狗神が眼を細め、からかうように笑った。

「比呂。一つだけ、お前が知らぬことがある。お前を失うかもしれぬ……そう考えて不安になっていた時でも」

そう言って、狗神が比呂の額に自分の額を押しつける。金色の美しい眼が、湯面に映る行灯の光を反射して、淡い琥珀《こはく》に輝いている。

「幸せかと訊かれたら、いつでも、幸せだと答えただろう。お前が今、いてくれるだけで、私は死ぬまで、幸せでいられる。きっと……先に、お前を失っても」

――俺もだよ。

そう言おうとした声が、出なかった。喉が震え、なにか言うと、泣いてしまいそうな気がした。

狗神が、受け入れてくれたのだと分かったから。

たとえいつか先に死んでしまっても、比呂がいたことで、それから先も誰かを愛して生きていく力に変えてほしいという、傲慢な願いを。

「……私は、大丈夫だ。お前を失っても、きっと祟り神にはならない。もちろん、お前を死なせもしないが」

狗神の口から「大丈夫」という言葉を聞くのは、初めてのことではないだろうか。千年生きていても、どこか比呂より子どもっぽいところのある神様だった。けれど今、狗神は比呂の頭を撫で、抱き寄せながら「大丈夫だから、もう、心配するな」と慰めてくれている。

比呂はたまらず、狗神の首に腕を回して抱きついていた。

狗神を愛しく思う気持ちで、胸がいっぱいになり、心臓がドキドキと早鳴って苦しいほどだ。不器用で純粋で、愛情深く、どこかあどけなさの残る狗神だから、比呂は好きになった。ずっと一緒にいたいと思うようになった。

狗神には、今も幼いところがある。けれど、やはり人々の祈りを聞き、慈しみを持ってその生活を守ろうとしている、力強く大きな、神なのだ。森や山々が、水を蓄え木々を増やし、食べ物を人に与え、恵み、また生んできたように、今比呂の心は、狗神の大きな腕の中に抱かれているようだった。大丈夫だと言われれば、ただそれだけで不安は解け、苦しみは去っていく。

(俺は……ずっと支えてるつもりで、狗神に守ってもらってもいたんだ)

子どもが親に抱くような安心感で、体から力が抜けた。

「俺を好き?」

気がつくと比呂は、そう訊いていた。狗神は比呂を抱きしめながら、驚いたように顔を覗き込んできた。

「なぜそんなことを訊く。愛しいに決まっている」

「……最近、俺を抱いても、そう言ってくれなかったよ」

拗《す》ねたように上目遣いで睨みつけると、狗神が優しい眼になった。

「それは……考え事をしていたのだ」

どんな？　と訊くと、狗神は気まずそうに眼を伏せた。

「……お前が、青月《あおつき》でも愛せるだろうと思った時から、お前にとっては、私といるより青月といるほうが幸せではないのかと。自信がなくなって……愛しいという言葉で、縛れなくなった」

なんだ、と比呂は思い、それから少しおかしくなる。

「じゃ、俺たち、同じことで悩んでたんだ。お互いに、お互いじゃなきゃ駄目なのに、自分じゃ幸せにできないかもって――」

狗神はなんだかばつが悪そうな、申し訳なさそうな顔をしている。それがおかしいのに、同時になんだか悲しかった。

比呂が気に入らない行動をすると、すぐに縛り付ける、閉じ込める、と怒鳴ったりするくせに、その一方では「愛しい」という言葉でさえ縛り付けられない狗神の、痛いほどの優しさと愛情深さを、知ってしまったせいだろうか。

「俺、言ってほしいなあって、結構気にしてたのに」

自分でも驚くほど、柔らかな声で比呂は言っていた。

「……淋しかったのか？」

「うん。淋しかった」

どうしてか素直に、そう認めることができた。今の狗神になら、いくらでも甘えられそうな気がした。

「私がこの世で最も愛しいのが、お前だ。比呂。……愛している。もう淋しくないか？」

頷《うなず》くより先に、唇が重ねられて比呂は眼を閉じた。森の香りがする口づけだ。

心が通い合った安堵と、嬉しさで、それだけで体の芯《しん》にきゅんと甘いものが走る。口を開けると、舌が入り込んでくる。ねっとりと中を掻《か》き回され、体が熱く火照《ほて》りはじめた。

「狗神……」

唇が離れた隙《すき》に、比呂はかすれた声で狗神を呼んだ。自分でも、情欲に濡れた淫靡《いんび》な声だと思い、恥ずかしさに、頬が熱くなる。

「ここでして……」

寝室まで待てない気持ちで、比呂は狗神の頭にしがみつく。銀色の柔らかな髪の中に鼻先を埋めると、やっぱり、森の香りがした。

比呂を抱きしめている狗神の腕に力がこもり、

「私もそのつもりだ」

と、甘い囁《ささや》きが耳元に聞こえた。

「あ……、あ、あ……っ」

高級旅館の浴室で、一体自分はなにをしているのだろう、と思う。

比呂は後孔に狗神の太い杭《くい》を受け入れ、そのまま向かい合わせに狗神の上に座らされて、何度も下から突き上げられていた。

揺さぶられるたび、水音がたち、おさえられない喘《あえ》ぎ声が浴室に反響する。繋がった場所から、時々湯が中に入ってきて、比呂はそのたび「ひゃあっ」と甲高い声をあげた。

「狗神、あ、ん、あっ、ど、どうして」

湯の中で比呂の性器はそそり勃《た》ち、突かれるたびに擦《こす》れる水圧にさえ、びくびくと震えてしまう。狗神は片手を比呂の腰に回しているが、もう片手で、桃色に突き立った乳首を、執拗《しつよう》なほどこりこりと弄《いじ》くっている。

弄られた比呂は胸元のもどかしい快感が、そのまま中の良いところに響いてきてしまい、爪先が湯の中でじんじんするほど感じ、悶えてしまう。

「……どうして、なんだ?」

先を促すように狗神が言い、比呂の耳たぶを甘噛みした。

それだけで背筋にぞくぞくとしたものが走り、比呂は、

「あー……っ、やっ、あっ、あっ、だめ、あ……っ」

と、頭を大きく振りながら、風呂の中に精を放って達していた。

「感じやすい伴侶だ。……私が一度果てる間に、三度は昇り詰めているだろう」

意地悪くそんなことを言われ、比呂は真っ赤になる。けれど体にまだ残る快感のせいで、腰がひくひくと蠢《うごめ》き、すると中の狗神の杭が肉壁に擦れて、比呂はまた感じてしまう。

と、狗神は比呂を抱いたまま、湯からあがってしまった。

「あっ、あ、ん……っ」

中に性器を入れられたまま、抱っこされる形になり、比呂は慌てた。狗神が歩き出すと後孔の入り口部分がゆるゆると擦られて、比呂の前はまた膨らんでくる。

「ちょっと、あ、んぅ、や……どこ……」

「寝室だ。続きは布団の上でやるぞ」

「こ、こんな濡れたまま、布団が、び、びしょびしょに……」

狗神の首にしがみつき、必死で抗議するけれど、狗神はからかうように眼を細めただけだった。

「どうせいつも、濡らしまくるではないか」

そんな卑猥《ひわい》な言葉に、羞恥《しゅうち》で、もうなにも言えなくなる。実際に、浴室から寝室へ移動する

間にも比呂の性器は勃《た》ちあがり、ちょっとの振動に、甘い声が漏れて、体に力が入らない。

畳間の寝室には、ふかふかの大きな布団が二組、ぴったりとくっつけて敷いてあった。

男二人の旅なのに、確実に「そういう関係」だと思われている配慮に、比呂はなんだかいたたまれなくなった。

「り、旅館の人たち、俺とお前見て、どっかのボンボンと愛人だと思ったかな……」

濡れたまま片方の布団に横たえられて言うと、狗神が「そっちの設定でやってみるか？」と言ってきたので、比呂は予想外の反応に、ぎょっとなってしまった。

「……こすぷれ……とか言うのだったか。藤が言っていたぞ、たまに刺激的にしたい場合は、そういうことをするといいのだとか」

「嘘っ、嘘！　そんなの、藤の嘘だから！」

とんでもない知識を植え付けられているらしい狗神に、慌てて言う。横文字など普段テコでも覚えようとしないくせに、どうしてこんなことだけ覚えているのだろう、と言いたくなる。

「普通でいいの、いつもどおりで……ていうか、どうしてお前今日、尻尾とか使わないの？」

「使ってほしいか？」

覆い被さってきた狗神が、入れたままの性器で比呂の中を浅く突く。

「ひゃ……っあ」

とたん、電流が走ったように体が痺《しび》れ、比呂は背を反らしていた。

「使ってほしいなら、使うが……」

「そういうわけじゃ……あっ、あ、ただ、どうして……って」

ゆるゆると揺さぶられ、喘ぎながら訊くと、「新婚旅行だろう」と狗神から答えが返ってきた。

「だから、私もたまには、お前のほうに合わせてみようかと思っただけだ」

意外な返事に、比呂は驚いて眼を見開く。傲慢な神様が、人間の比呂に合わせてみよう……

などと考えることに驚いたのもある。尾を使わずに交わることで、人間のふりでもしているつ

もりらしい、狗神の考えがなんだか可愛く思えたのもあった。

「私はお前に、伴侶らしいことなど、なにをしてやればいいのか分からぬから……」

付け足された言葉に、胸の奥が疼くように、愛しさを覚える。

腕を伸ばし、狗神の頬を両手で包むと、比呂はにっこり、笑った。

「俺、お前の伴侶になって、良かった。……今、すごい幸せだよ」

小さな声で、けれど心からの言葉を言う。とたん、比呂の中で狗神の性器が脈打ち、一段、

大きくなるのを感じた。

「あ……っ」

腹を圧迫されて、つい声が出る。すると狗神が、もう我慢できなくなったように、比呂の手

に手をからめ、激しく突き上げてくる。

「あっ、あっ、あっ、あっ！」

肌と肌のぶつかる音が聞こえるほど強く揺すられ、比呂の声も止まらなくなった。狗神が「比呂、比呂」と何度も名前を呼んでくれる。

その硬い腹筋に比呂の性器の先端が擦れ、気持ちいい。下半身が甘く蕩けて、何度も宙に浮くような感覚があった。全身びりびりと痺れて、なにも考えられなくなる。

「い、狗神、あっ、俺、もう……っ」

いっちゃう、と口にするのと同時に、狗神の口づけが落ちてくる。

比呂の中に、狗神の熱い飛沫《しぶき》が放たれ、その衝撃に押し出されるように、比呂もまた昇り詰めていた。

狗神が上半身を折り曲げてきて、二人の胸と胸が合わさった。

汗ばんだ肌と肌がぴたりとくっつきあうと、そこから溶けて、一緒くたになって交わりあうような、そんな心地がする。

それはもちろん錯覚だ。抱き合っても、理解し合っても、けっして埋められない溝がいつまでも比呂と狗神の間にはあるだろう。けれどその溝に、愛情と、相手を信じる気持ちを詰めることはできる。

そうすれば隔たりを超えて、手をとりあえるのではないかと、比呂は思った。

口づけは甘く、長い間続いていた。狗神が比呂の手を握ってくれたので、比呂も握り返した。

温かな手。そういえば神々の宴に参加した時、原初の神の島に渡るさなか、先の見えない暗がりの中で、比呂が前に進めたのはただ、狗神の手の温度があったからだと、思い出しながら。

翌日、来た時と同じように旅館を辞した比呂は、宿中の従業員に好奇の眼で見られているような気がして恥ずかしかった。どちらにしろ、夜明けまで狗神と抱き合っていたので、布団は結局一組しか使っていない。片付けに入った仲居にはバレるだろうなと、玄関を出てしばらくしてもまだ羞恥で顔をあげられなかった。

「楽しかったけど、今は早く屋敷に帰りたい。藤のご飯食べて、茜を抱っこしたい」

二人きりになったのでそう言うと、狗神のほうは「たまには外で睦《むつ》み合うのもいいものだ」と満足そうにしていた。

「屋敷にいる間は、お前はすぐ茜の教育上悪いとか、つまらんことを言うからな」

「それはお前が、昼間にやろうとする時だけだろ。夜は付き合ってる」

一夜明けてみると、いつもどおりの二人だなあ、と比呂は思う。

けれど少しだけ違っているのは、常に付きまとっていた不安感がないことだろうか。どうしてだか分からないが、今は自然と、狗神と手をつないで歩いている。もっと狗神を頼ってもいいのだという安心感が、比呂の中に芽生えていた。

たとえば、これまで抱えてきて口にはできなかった不安も、今ならきっと言えるだろう。それは互いの絆《きずな》に、前より自信が出たからかもしれない。

人目のないところで狼姿になった狗神と、今度は真っ直ぐ、屋敷を目指す。

来た時と同様瞬く間に、東日本の狗神の山までたどり着き、屋敷の門をくぐったとたん、比呂は家に帰ってこれた安堵で心が浮き立つのを感じた。

「ただいま！　藤、茜！」

狗神の背を下りて大声で入り口の鳥居をくぐると、

「旦那様！　ご伴侶様！」

元気のいい男の声がし、比呂は立ち止まった。玄関のほうから、見知らぬ青年が一人、駆けてくるのが見えた。山吹色の髪に、茶色の瞳。背は狗神くらい高く、肩幅もある男らしい体つきだが、顔だちは甘めの、あどけなさを残した作りで、きらきらした眼に人懐っこさがにじみ出ている。茜のように甚平《じんべい》を着て、下駄を履いている姿は、体の大きな高校生のようにも見える。

「山吹《やまぶき》だ。青月の屋敷で会っただろう。一応、私の眷族のまとめ役をやらせている。ああ見えて年は藤より四百年ほど若いくらいだ。神気も他の神狼より強く受けられる」

四百年、といえばとんでもない数に思えるが、比呂はいちいち突っ込むのはやめた。

山吹と言われて、なんだか犬っころのように見えた、あの狼か、と思い出す。山吹は比呂と

狗神の前に片膝をついて座ると、

「お帰りなさいませ！　こうしてまた迎えてくださって、山吹は感激していますっ。ご伴侶様もとても美しい方で、旦那様が、ご伴侶様をお好きでたまらないこと、もう見ただけで分かりますっ」

「……少々頭が悪いのと、馬鹿なのが短所でな。まあ、上手く付き合ってくれ」

頭が悪いと馬鹿という言葉の意味の違いはなんだ、と思いながら、比呂は山吹に挨拶されたとたん胡乱《うろん》な目つきになった狗神に苦笑を向けた。

気がつくと、青月の屋敷で見た狼たちが沢山、玄関先に座って待っている。彼らはまだ人の姿になれぬらしく、大きさも普通の狼サイズのままだ。

「お帰りなさいませ、旦那様、比呂様。旦那様、眷族たちに神気を与えてやってください。早く旦那様とお話ししたくて仕方がない様子です」

屋敷の中から藤が出てきたが、なんだかげっそりした様子だった。きっといきなり帰ってきた眷族たちの対応に追われ、大変だったのだろう。

「藤、留守番ありがとうな。茜は？　あと、八咫と鈴弥は？」

「比呂様が帰っていらしたので、今出てくるでしょう。茜ときたら、子どもの頃に眷族たちがいたことを覚えているはずなのに、すっかり怖がって小さくなってしまっているのです」

比呂が持っていたボストンバッグを受け取りながら、藤がため息をつく。

「ご伴侶様、大丈夫ですとも！　藤様はちょっと怖いのでよく子どもを泣かせますが、山吹は遊んであげるのが得意ですから！　茜とも昔はそれは仲良しでした」

後ろから追いかけてくる山吹がそう主張してきて、比呂はたじろぐ。

「そ、そうか。よろしくな」

と愛想笑いを浮かべていると、藤が小さな声で「バカ狗め……」と呟くのが聞こえ、その声の低さに思わず比呂は身を竦めてしまう。藤が疲れているのは、もしやこの山吹のせいもあるのでは？　と、一瞬思ったが、そのあたりは、掘り下げると怖いので訊かないことにする。

見ると、狗神は狼たち一頭一頭の額に、手を当ててやっている。青月の屋敷で、山吹に同じようなことをしていたのを、比呂が思い出していると、額に手を当てられた狼たちは次々と人の姿になっていった。

背の高い者低い者、太った者痩《や》せた者、藤や茜しか神狼を知らなかったので、美形しかいないと思い込んでいたのだが、そうでもなく、平凡な顔立ちの者も時々いる。そして、初めて見るが女性の神狼もいた。

「そういえばご伴侶様、昨夜、旦那様とたくさんエッチされたんでしょう？」

ぼんやりと眷族たちの様子を眺めていた比呂に、突然山吹が言ってきた。ぎょっとした比呂に、山吹はニコニコしながら続けた。

「一応、俺がもらった旦那様のご神気を全員にちょっとずつ分けておいたんです。人姿にはなれなかったけど、ここまで来る道を渡ってくるのに必要で。だから、朽葉の女房の萌黄《もえぎ》に、子狼ができちゃいましたよ！」

「このバカ狗！」

とたん、藤が今度は声を潜めるでもなく、大声で怒鳴り、山吹の向こう脛《ずね》を思いっきり蹴《け》りつける。山吹は痛い！　と大声をあげて脛を押さえ、飛び回った。

「これは繊細な話だから、私からすると言ったでしょう！　バカタレが！　五十年経ってもまだ頭が沸いたままですか、お前は！」

「ふ、藤。お、落ち着いて……」

いつもと違う乱暴な言葉遣いの藤に、比呂もさすがに青くなる。藤はため息をつき、比呂をじろりと見やる。

「比呂様。覚悟しておいてください。今、神狼たちの中で夫婦なのは三組。たぶん近いうちに、子狼がどっさり生まれてきますから」

「……み、みんな、身ごもってるってこと？」

「神と伴侶の間には、男女であっても子どもはできません。ですが交わりが深いと――かわりに、眷族内の夫婦の間に子狼が生まれます。比呂様と旦那様の睦まじさだと……たぶん毎年生まれてきますすね」

昨晩既に一組、身ごもりましたので、と言って、藤は先に立ち、屋敷のほうへと歩いて行く。

比呂が意味を理解するのには、それから数秒かかった。いつの間にか脛の痛みがひいたらしい山吹が、無邪気な顔で言ってくる。

「俺、嬉しいです。旦那様とご伴侶様がラブラブで。ここまでしっかり、伝わりましたよ！」

お前は本当に神狼なのか、と思えるような横文字を使う山吹を見上げてから、比呂は全身、火に包まれたように熱くなった。恥ずかしさに、思わず頰を押さえる。

神と伴侶が交わって、子狼が生まれてくるということは、昨夜狗神と抱き合ったことを、眷族たちみんなに知られている、ということだ。

そしてこれからも、子どもができるたびにバレてしまうということ――。

不測の事態にどうしていいか分からず、一人でおろおろしていると、屋敷の中から「比呂さまあっ」と声がして茜が飛び出してきた。後ろには八咫の神と鈴弥もいる。

抱きついてきた茜は、たった一日離れていただけなのに眼にいっぱい涙をためて、急にやって来た狼が多すぎてびっくりしていることを訴える。

「茜のダンゴムシ、みんなとっちゃうかも……」

「大丈夫だよ、みんな茜のこと覚えてるだろうから、一緒に挨拶に行こう？」

慰めながら、鈴弥と八咫の神に、簡単に青月のことを報告した。二人は明日には屋敷を出て、西に向かってゆっくり旅をするつもりだと話してくれた。

「そのうち、青月の屋敷にも立ち寄ってみるから、なにか変化があったら報《しら》せるよ」

鈴弥がすぐに行ってしまうのは淋しかったが、増えた眷族たちのことなど、やらねばならないことは多そうだ。お客をもてなしている余裕はなさそうなので、比呂も引き留めなかった。

人姿になった眷族たちが、みんなきらきらした眼差しを比呂に向けてくれているのが分かった。その様子を見て、受け入れてもらえそうだとホッと息をつく。

すべての狼に神気を分け終えた狗神が、

「比呂、私たちの家族だ」

と声をかけてきて、比呂は頷いて歩き出した。緊張と、少しの不安と、もっと大きな期待で胸が高鳴っている。

一足先に屋敷に入った藤が、

「あっ、お土産がありませんね！」

と叫ぶのが、縁側の向こうのほうから聞こえてくる。

比呂は思わず狗神と眼を合わせ、二人だけで小さく、笑ってしまった。

あとがき

初めましての方は初めまして。お久しぶりの方はお久しぶりです、樋口美沙緒《ひぐちみさお》です。Ｃｈａｒａ《キャラ》さんからの久々の文庫は、なんと『狗神の花嫁』の続きです！　わー（拍手）！　デビューしてから四年あまり、完全な続編を出していただくのは初めてなので、ちょっと興奮しています。それもこれも、皆様の応援のおかげです。本当にありがとうございます。もしこの本から手にとって、前作を読んでないという方がいらしたら、是非一作目も読んでいただければ嬉しいです。

さて、もうバレているかもしれませんが、家族というものを書くのが好きです。家族のいいところは、その時ケンカしていたり気まずかったりしても、なんとなく宥《なだ》めたりすかしたりごまかしたりしつつ、一緒に生きていけるところでしょうか。比呂と狗神もすっかり家族になっているので、その様子を書くのが楽しかったです。

それはさておき、続編を書くにあたって地味に悩んだのが比呂の下着事情です。ごく普通の若者だった頃と違い、常に着物で過ごしているわけですから、下に穿《は》いているのは褌《ふんどし》ではあるまいか。もしそうなら、褌を使ったエッチシーンがないのはけしからん、それだけは入れねばなるまい。しかし、しれっと褌プレイなんてマニアックなものを挿入して、読者さんはどう思うのか。担当さんもどう思うのか。なんだか気恥ずかしいぞ。でもだからといって褌なしは私の沽券《こけん》（なんの）に関わる！

という葛藤の末（だからなんの）、結局褌シーンを入れたわけです。た、楽しんでいただけてたらいいのですが……。

実はこの作品、ＷＥＢ雑誌用にマンガの原作を書き下ろす機会をいただき、この本でも挿絵を担当してくださっている高星麻子《たかぼしあさこ》先生に、とっても美しく描き上げていただいてます。高星先生の描く狗神はかっこいいし可愛いし、藤は美しいし、なんといっても茜がキュートでページ数もたっぷりなので、まだ読んでない方はＷＥＢ雑誌の『Ｃｈａｒ＠《キャラット》 Ｖｏｌ．１』を是非！　見てやってください。美麗な作画にうっとりすること間違いありません！

高星先生、漫画をはじめ、今回の挿絵も本当にありがとうございました。青月だけでなく千如のキャララフまでいただけた時には、すごく嬉しかったです。家宝にします！

そしていつも多大な迷惑をかけている担当様。すぐにマイナス思考に陥る私を、いつも上手に前向きにさせてくださるので、このお話も書き上げることができました。本当にありがとうございます。これからもよろしくお願いいたします！

支えてくださった友達、家族、そして読んでくださった皆様にも、心から感謝です。

よかったら是非、感想など聞かせてくださいね！

次の本でまた、お会いできることを祈って。

樋口美沙緒

この本を読んでのご意見、ご感想を編集部までお寄せください。

《あて先》〒105－8055 東京都港区芝大門2－2－1 徳間書店 キャラ編集部気付
「花嫁と神々の宴」係

■初出一覧

花嫁と神々の宴……【キャラ文庫】

2013年6月30日　初刷

著者　樋口美沙緒
発行者　川田 修
発行所　株式会社徳間書店
〒105-8055　東京都港区芝大門2-2-1
電話048-451-5960(販売部)
03-5403-4348(編集部)
振替00140-0-44392

印刷・製本　図書印刷株式会社
カバー・口絵　近代美術株式会社
デザイン　百足屋ユウコ

ISBN978-4-19-900712-5